TANJA RAICH

SCHWERER ALS DAS LICHT

TANJA RAICH

SCHWERER ALS DAS LICHT

Roman

Blessing

Für Sinali

Angenommen, in der Steppe, auf offener Flur steht ein großes Dorf; am Rande, an einem windigen Ort, ist eine viereckige Hütte. In dieser Hütte sitzt der Schrecken. Er sitzt und spinnt mit der Spindel, er singt und arbeitet die ganze Nacht. Er singt wunderliche Geschichten vor sich hin.

Leonid Lipavskij

Prolog

Am Anfang war das Meer. Dunkel und seltsam still. Die Welt war wie erstarrt. Der kalte Sand unter mir. Ich hörte meinen Atem, ein Keuchen, tief in meiner Brust. Die Sterne leuchteten am Himmel. Die Wellen bäumten sich vor mir auf. Nichts war zu hören. Dann blitzte eine feine Linie auf, teilte die Dunkelheit entzwei und versank im Meer. Ein Tosen, ein Dröhnen, ein Rauschen von überall. Die Welt kam zu Atem. Alles erneuert sich. Alles beginnt immer wieder von vorn.

Licht & Schatten

1

Ich kämpfe mich durch das Geäst. Mit einer Axt hacke ich alles ab, was mir im Weg steht. Der Hunger treibt mich an. Im Wald gibt es noch Kokosnüsse, Mangos und Jackfrüchte. Vereinzelte Beeren, die alles verkleben, aber nicht satt machen. Ich klettere die Baumstämme hoch, bis ganz nach oben, und rüttle an den Ästen, bis die Kokosnüsse schwer auf den Boden fallen. Die Früchte wachsen nicht mehr nach. Immer tiefer muss ich in die Insel vordringen, auf der Suche nach Nahrung, immer weiter hinauf in den Norden.

2

Mein Haus ist eine Festung. Erbaut aus dem Fels, der mir Rückhalt gibt. Dunkel und mächtig erhebt er sich steil zum Himmel, undurchdringbar und unbezwingbar. Auf dem Gestein haben sich Risse gebildet, Texturen, die wie unverständliche Zeichen anmuten und sich täglich verändern. An manchen Tagen formen sie sich zu einem Heer aus Speeren, die auf mich gerichtet sind. Eine Mauer umgibt mich, sie ist schwarz wie der Sand des Meeres und so hoch, dass keiner von ihnen sie erklimmen kann. Kompliziert verzweigte Gänge führen durch ein verstecktes Loch in den Untergrund. Tödliche Fallen lauern dort auf sie. Gruben mit spitzen Pflöcken und Schlangen darin. Ihr Zischen hallt als Echo durch die Gänge. Ein komplexer Bau, den ich mühselig erdacht und in langen Nächten geplant und aufgezeichnet habe. Erst als ich jeden Gang, jede Falle angelegt hatte und alles an seinem Platz war, verbrannte ich die Pläne im Feuer. Jetzt ist alles in meinem Kopf, der einzig sichere Weg von draußen nach drinnen und von drinnen hinaus.

3

Wenn der Wind günstig steht, hört man die Trommeln und ihren Gesang bis in den Süden. Das sind die anderen. Sie hausen im Norden, in brüchigen Baracken aus Holz. Sie sprechen eine seltsame Sprache und pflegen eigentümliche Rituale. Sie tanzen zum Beispiel im Dunkeln und beginnen zu trommeln, sobald die Sichel des Mondes am Himmel auftaucht. Sie bemalen ihre Körper mit Asche und Indigo, glauben an Götter und Geister, an Dämonen und Weltuntergänge. Sie zeichnen Sternbilder in die Erde, darin glauben sie die Zukunft zu erkennen. Sie sind überzeugt von einer Rechtmäßigkeit, beanspruchen den Besitz dieser Insel. Eines Tages standen sie in geschlossener Formation vor meinem Tor. Sie schrien und sangen. Manche hatten ihre

Trommeln mitgebracht und schlugen in wilden Rhythmen darauf ein. Kurz standen wir uns gegenüber. Ich auf dem Wachturm, sie vor den Toren. Sie sahen noch kleiner aus, als ich sie in Erinnerung hatte. Ihre Pfeile prallten an den Mauern meiner Festung ab. Ich blickte auf sie hinunter, jeden Einzelnen von ihnen nahm ich ins Visier, während die Trommeln leiser wurden und ihre Stimmen allmählich verstummten. Dann suchten sie das Weite und kehrten nicht wieder zurück.

4

Es ist nicht lange her, da strömte ein kleiner Fluss durch die Wälder, er entsprang hoch oben im Fels und schlängelte sich durch die Landschaft, fast bis hinauf in den Norden. Fische und Warane schwammen darin, Rehe und Hirsche badeten darin, Lianen und Mangroven hingen ins Wasser. Die Insel gab alles, was es zum Leben brauchte. Holz für die Häuser, Stein für das Werkzeug. Trinkwasser, Früchte, Gewürze und Kräuter. Selbst das Salz ließ sich ganz einfach abbauen. Ein geschlossener Kreislauf, der reibungslos funktionierte. Palmen und Bananenbäume wechselten sich ab mit Zimtpflanzen, Bambus und Sandelholzbäumen. Ein Dach aus Blättern versperrte die Sicht zum Himmel. Orchideen, Frangipani und Hibiskusblüten leuchteten in den Wäldern und verströmten einen holzig süßen Geruch. Wohin man auch blickte, zeigte die Natur ihr ganzes Farbspektrum und wechselte den Geruch je nach Regen- oder Trockenzeit. Manchmal roch es nach Jasmin oder nach feuchter Erde, dann nach Zimt und Eisenholzblüten. Palmenhörnchen kletterten an den Ästen entlang. Eisvögel saßen in den Baumkronen, und Schmetterlinge, Kunstwerken gleich, flogen über die Blüten und Blätter. Doch dann veränderte sich die Insel. Zuerst waren es die Blüten, die verblassten und schließlich ihre Farbe verloren, dann waren es die Blätter, die sich schwarz färbten und abbrachen. Sie zerbröseln wie Staub zwischen den Fingern. Die Bäume werden jeden Tag dunkler. Nur vereinzelte Blätter strecken sich noch ins Licht. Die Pflanzen sterben langsam ab. Der Wald wird kahl. Die Zeit sitzt mir im Nacken.

5

Nichts wächst, nichts blüht mehr. Die Pflanzen knicken um, hängen tief über dem Boden. Die letzten Mangos haben sich schwarz gefärbt, ihre Haut ist von Rissen durchzogen. Nur in manchen ist noch ein Rest Fruchtfleisch. Bald wird nichts mehr zu finden sein, es ist nur eine Frage der Zeit. Die einzigen Früchte, die noch wachsen, leuchten zwischen den Ästen der Zerberusbäume, den Mangos zum Verwechseln ähnlich. Sie nennen sie Todesbäume, mit den Früchten töten sie sich selbst oder andere, aus dem Holz schnitzen sie Masken. Ein paar Languren haben sich an den Zerberusbäumen zu schaffen gemacht. Meist haben sie nur wenige Meter daneben ihr Ende gefunden. Wenn die Früchte zu Boden fallen und auseinanderbrechen, wächst ein neuer Baum daraus. Aber es ist nicht wie früher: Ein kleiner schwarzer Ast streckt sich aus dem Samen, seine Blätter sind schwarz und glänzen dunkel im Sonnenlicht. Es ist ein seltsamer Anblick, als würde der Tod zum Leben kommen.

6

Wenn sich die Nacht über die Insel legt, verbinden sich ihre Geräusche zu einem gemeinsamen Rhythmus, es klingt wie Musik mit ihren eigenen Gesetzen. Die Palmen wiegen sich im Wind, ein Knistern, wenn die Blätter aneinanderstoßen. Sie werfen dunkle Schatten im Mondlicht, dazwischen fliegen die Leuchtkäfer, rauscht das Meer, sind die Frösche, die Geckos, die Reiher zu hören, fliegen die Fledermäuse, am Himmel die liegende Sichel des Mondes und die Sterne. Die Ruhe der Nacht. Wenn der Mond in der Dunkelheit versunken ist, knackt es im Geäst, schwere Schritte, das Rascheln des Laubs, als würde etwas durch die Wälder wandern. Dann wird es schlagartig still, die Zikaden verstummen, die Rufe der Eulen ersticken, alles hält den Atem an.

7

Es gibt diese Geschichten von Göttern und Geistern, Dämonen und anderen Wesen, die man sich erzählt. Dunkle Gestalten, die in den Wäldern hausen, versteckt in den Höhlen, immer auf der Suche, immer auf der Jagd. Sie lösen sich von den Bäumen, kriechen in Körper hinein, reißen alles an sich. In einer anderen Zeit hat man ihnen Opfer gebracht, hat man Menschen und Tiere getötet, jetzt nimmt man es auf mit ihrem Zorn.

8

Die Grenze verläuft quer über die Insel. Lange Bambusstöcke mit Totenköpfen, die im Wind hin und her pendeln, die Augenhöhlen mit Asche beschmiert. Sie glauben, dass der Tod mir Angst macht. Der Tod ist doch das Geringste! Die Markierungen dienen nur der Abschreckung, die Grenze ist problemlos passierbar. Durchs Gebüsch bewege ich mich Richtung Norden. Auch hier zerbröseln die braunen Blätter zwischen meinen Fingern. Plötzlich sehe ich einen von ihnen. Er steht unter einem Baum und hat mich nicht bemerkt. Vorsichtig krieche ich wieder zurück, verstecke mich und beobachte ihn. Seine Augen sind geschlossen. Er steht reglos auf einem Bein. Seine Haare Filzstränge, die wie schwarze Schlangen von seinem Kopf hängen. Die Stirn ist mit roter Farbe bemalt. Ein eigenartiger Anblick. Als wäre er tot. Unter den Bäumen glauben sie den Göttern am nächsten zu sein. Sie sagen, ihre Körper spannen sich über die Äste. Ihre Energie strömt über den Baumstamm bis hinunter in die kleinsten Wurzeln. Warum glauben sie, dass die Götter noch hier sind, jetzt, wo die Bäume sterben?

9

Der Wald schwindet mit jedem Tag. Ich weiß nicht, wann genau es begonnen hat. Eines Tages fiel mir auf, wie blass die Blüten geworden waren, wie schwarz die Blätter, wie nichts mehr nachwuchs. Ich dachte mir nicht viel dabei, es hätte eine Krankheit oder ein Schädling sein können, aber als das Sterben sich ausweitete, als auch die Stämme und Äste einbrachen, bemerkte ich, was ich die ganze Zeit übersehen hatte. Ich lief durch die Wälder, suchte nach dem Ursprung. Es gab keinen Baum, keine Pflanze, die nicht befallen war. Bei einigen war der Verfall stärker als bei anderen, aber jede Pflanze trug dieselben Zeichen. Die Farblosigkeit, die Schwärze, das Morsche. Das Leben wich allmählich aus ihnen. Ich goss Wasser über die Wurzeln, band die Äste wieder nach oben, ich schnitt die Triebe ab, riss Pflanzen aus, um anderen Platz zu verschaffen, aber nichts änderte etwas. Sie erholten sich nicht mehr. Da ist etwas passiert, was nicht mehr rückgängig zu machen ist.

10

Das Meer speit alles aus, was in ihm lebt. Das Ufer ist voller Fischleichen. Ihre Mäuler weit geöffnet, für einen letzten Atemzug, die Augen aufgerissen und strahlend weiß, wie kleine Perlen. Ihre Schuppen glänzen in der Sonne. Manche sind von der Kraft des Meeres zerfetzt worden, Körperteile liegen verstreut, manche eingerissen oder angebissen. Von manchen ist nur noch das Skelett übrig. Schwarze Algen schlängeln sich um die Körper. Der Wind peitscht auf das Meer. Die Wellen bäumen sich auf, immer höher, wie Flammen lodern sie, die Gischt schlägt sich ans Ufer, spült die Fische weit in den Wald hinein. Das Meer stirbt. Der Wald stirbt. Die Insel stirbt. Nur die Tiere leben noch. Ich lebe noch. Es ist eigenartig still geworden.

11

Am Ufer liegen Äste, leere Kokosnüsse, liegen die Panzer der Schildkröten. Eine Spur ist im Sand zu erkennen, als wäre jemand dem Meer entstiegen. Sie führt hinein in den Wald. Das Rufen der Drongos von weit her. Ein Adler wirft Schatten in den Sand, er kreist über mir, wartet. Früher stand ich oft am Ufer und blickte in die Ferne. Das Meer war mein Ruhepol. Jetzt ist es feindlich gestimmt. Meine Füße versinken im kalten

Sand. Das Wasser umspült meine Beine, als ob sich kleine Messer in meine Haut bohren würden. Die Sonne steht am Horizont, leuchtend rot steht sie mir gegenüber und taucht die Landschaft in ein feuriges Licht. Etwas bleibt an meinem Fuß hängen, ein langer, schwerer Körper. Es ist eine tote Muräne. Ihr Maul steht offen, kleine spitze Zähne, nutzlos geworden. Ihre Haut wie das Fell eines Leoparden. Der Kopf bewegt sich im Wasser. Ich stütze ihn mit meiner Hand, er ist kalt und glatt wie Stein, das leuchtende Gelb der Augen verblasst. Ich hebe die Muräne langsam aus dem Wasser. Ein Krebs fällt aus ihrem Maul und verschwindet wieder im Meer. Ich lege den schweren Körper behutsam über meine Schultern und gehe zurück in die Festung.

12

Die Tiere kommen aus ihren Verstecken, auch sie haben die Veränderung bemerkt. Blauschwarze Schmetterlinge setzen sich auf meine Schultern. Kleine Palmenhörnchen klettern an meinen Beinen entlang. Schlangen kriechen über den Boden, winden sich um Baumstämme. In den Ästen sitzen die Languren und beobachten mich. Ihre Schwänze hängen von den Bäumen, und die Zähne blitzen weiß in der Dunkelheit. Als ich zu einer Lichtung komme, steht ein großer Axishirsch vor mir. Sein Fell glänzt kupfern im Licht und ist von strahlend weißen Flecken durchzogen. Aus seinem Maul hängen die Reste des spröden Grases. Auf seinem Rücken steht ein Silberreiher, der Ausschau hält. Ein Bein angewinkelt, zuckt sein Kopf wie ein Zeiger von Westen nach Norden nach Osten und wieder zurück. Der Hirsch bewegt sich langsam auf mich zu. Er hebt seinen Kopf und sieht mich an. Auf seinem Fell sind tiefe Narben erkennbar, das Geweih abgebrochen. In seinem Blick eine Mischung aus Skepsis und Neugier, während die Ohren zucken, sobald sich eine Fliege daraufsetzt. Erst jetzt sehe ich, dass hinter dem Reiher eine ganze Familie schläft. Ist das der Frieden? Ein Zeichen, dass sich alles wendet?

13

Ich wandere durch meine Festung, gehe die Gänge ab, kontrolliere die Fallen. Ich taste mich an den Wänden durch die Dunkelheit. Das hungrige Zischen der Schlangen hallt durch das Labyrinth. Ein falscher Schritt, ein Stolpern, und ich selbst könnte die Fallen auslösen. Die Schlangen würden sich auf mich stürzen. Gruben würden sich auftun. Aber ich kenne jede Abzweigung, jeden Winkel meiner Festung, kann mich blind darin bewegen. Ich taste mich bis ans Ende. Öffne die Tür zur Kammer, nehme eines der Gewehre in die Hand. Ich halte es gegen meine Schulter und blicke durch das Visier. Mit meinem Gesicht berühre ich den Schaft. Mein Atem, langsam und tief. Ich entsichere das Gewehr. Drücke den Abzug und schieße ins Leere. Der Rückstoß pocht noch lange in meinen Knochen, der Knall dröhnt in meinen Ohren.

14

Die Zikaden übertönen meine Schritte. Ein ganzes Heer muss mittlerweile in den Bäumen sitzen. Ich beziehe Stellung, lege mich ins Gras oder das, was noch davon übrig ist. Mein Gewehr presse ich gegen die Schulter, ich ziele ins Ungewisse, warte auf eine Regung. Plötzlich ein Geräusch. Ich ziele auf den Baum. Eine fliegende Schlange, fast hätte ich sie nicht gesehen. Sie windet sich um einen Baumstamm und gleitet durch die Luft auf mich zu. Ihr Körper zeichnet sich in Schattenwellen auf der Erde ab. Ich springe auf. Im Gebüsch raschelt und knackt es. Mein Herz rast. Ich richte das Gewehr in das Gebüsch. Ein kleiner Vogel springt hervor. Er kommt auf mich zu, hüpft auf und ab. Er öffnet seinen gelben Schnabel und starrt mich an. Ich drücke ab. Der Schuss ein Echo im Wald.

15

Sie sagen, unsere Ahnen stecken in allem. Ihre Körper lösen sich auf, werden zu Erde, wandern in die Stämme der Bäume, in die Blätter und Blüten. Sie bilden Jahresringe in den Bäumen, tanzen im Licht der Blätter, werden zu Blütenstaub, der sich über die ganze Insel verteilt. Wir sehen ihre Spuren nicht, weil wir blind sind für den Lauf der Welt. Aber wenn es ganz still ist, kann man ihre Stimmen hören, zarte Echos von weit her. Sie erinnern an den Ruf eines Vogels, an das Schnattern der Geckos, an das Rauschen der Blätter oder den Gesang eines Mädchens, zerbrechlich und von ungekannter Schönheit. Manchmal versammeln sich die Stimmen und schwellen an zu einem ohrenbetäubenden Rauschen, das sich über die Insel legt und alles andere verstummen lässt.

16

Die letzten Blätter fallen von den Bäumen, ein Regen aus schwarzem Laub. Sie wirbeln im Kreis, steigen auf und fallen wieder herab, bewegen sich tänzelnd über die Erde. Auf dem Boden liegen die Reste des Waldes, die abgebrochenen Blüten und Äste, auf dem Boden liegt all das, was noch bis vor Kurzem gelebt hat. Ich nehme die Blätter in die Hand, sie zerfallen zu Staub, wenn ich sie zwischen meinen Fingern zerreibe, und der Geruch von Verbranntem steigt auf, ein stechend süßer Geruch nach Verwesung, nach dem Tod und dem Ende. Wo ich früher zusehen konnte, wie alles wuchs, wie die Blüten sich öffneten, wie die Pflanzen über Nacht neue Blätter formten und sich immer weiter in die Höhe rankten, sehe ich jetzt nur noch, wie alles vergeht. Wo einmal ein Ast voller Blätter war, ragt jetzt ein nackter Stock in die Luft, wo einmal kostbare Früchte hingen, ist jetzt nur noch Fäulnis. Alles, was fruchtbar war, ist vergangen.

17

Auf meinem Streifzug durch den Wald finde ich einen Vogel. Er hängt an einem Baum und pendelt in der Luft. Ein dichtes Netz aus Spinnweben hat sich um seinen Körper gelegt. Die kleinen blauen Flügel schlagen noch zaghaft, der Schnabel öffnet und schließt sich. An seinem Hals sitzt eine Spinne, größer als sein Kopf. Sie umklammert ihn mit ihren langen, leuchtend roten Beinen. Mit ihren Klauen arbeitet sie sich vor, ein Loch, das größer und größer wird, bis sie ihren Kopf in das Fleisch stoßen kann. Der Blick des Vogels ist starr, die Flügel schlagen noch ein paarmal, bis sie endlich erschlaffen.

18

Wenn das letzte Sonnenlicht vom Wald verschluckt wird, wenn die Dunkelheit sich über mich erbricht, verschanze ich mich in meiner Festung. Ich verriegle die Türen und stopfe Laub und kleine Äste in die Ritzen. Schließe ich die Augen, flirren Zeichen im Dunkeln, Lichtpunkte, die sich bewegen, zu einem Kreis formen, der schmäler wird, sich schließlich zu einem Auge formt, das mich anstarrt. Erst wenn ich die Augen wieder öffne, verschwindet es. Von draußen höre ich das Pfeifen des Windes. Das Schnattern der Geckos. Das Schnarren der Zikaden. Die Rufe der Eulen. Mungos und Warane, die sich durch das Geäst schlagen. Die Tiere finden immer einen Weg. Sie kämpfen sich zu meinem Haus und lauern in der Dunkelheit. Languren laufen über mein Dach. Ihre Schritte hallen durch den Raum. Mal sind es nur zwei, mal vier, mal ist das ganze Dach voll davon. Sie sitzen und warten.

19

Ich erinnere mich an diesen Tag, der schon lange zurückliegt. Eines Morgens regnete es alle möglichen Formen und Farben. Nagas- und Hibiskusblüten, Orchideen und Amaryllis, ein buntes Treiben zwischen den Bäumen und hoch in der Luft. Ich hatte nie zuvor etwas Schöneres gesehen. Der Wind wirbelte die Blüten über die Baumkronen, wirbelte sie über die ganze Insel. Sie trieben wie Schmetterlinge durch die Luft. Eine Hibiskusblüte schlug mir ins Gesicht und hinterließ einen stechenden Schmerz. Und als die Blüten verdorrten, gab es endgültig keine Farben, kein Leuchten mehr. Keine Knospen, nichts folgte nach. Alles wurde stumpf und braun und grau.

20

Die im Norden sagen, dass der Untergang lange schon feststeht. In den Sternbildern steht es geschrieben: Zuerst stirbt der Wald, dann die Tiere, das Meer, der Mensch. Das sind keine Jagdhunde dort oben, Zentauren oder Oktanten, sondern Schriftzeichen, die sich über den Himmel ziehen. Sobald sich eine Prophezeiung erfüllt, fällt ein Stern vom Himmel. Am Ende wird alles schwarz sein und leer, und die Sterne schwarze Klumpen im Meer.

21

Ob sie kommen werden? Ob sie sich bereit machen? Worauf warten sie denn? Eines Tages wird es so weit sein. Dann werden sie wieder vor meinen Toren stehen. Eines Tages werden sie die Mauern erklimmen, die Lücken finden, selbst wenn die Pflöcke sich in ihre Haut bohren. Eines Tages wird die Insel einen von uns zwingen, den ersten Schritt zu machen. Die Tage werden kürzer. Die Dunkelheit legt sich allmählich über die

Insel. Ein dunkler Schatten, der alles verschluckt. Bald wird selbst die Sonne von der Dunkelheit verschluckt werden. Der Schatten war immer schon schwerer als das Licht.

22

Vier Stunden nach Sonnenuntergang beginnt es. Es knackt und scharrt, die Äste brechen, die Geräusche verdichten sich. Doch dieses Mal sind es keine Tiere, die sich meiner Tür nähern. Die Körper wiegen nicht besonders schwer, sie sind klein und gelenkig, das hört man an der Art ihrer Bewegungen, am Klang ihrer Schritte. Es ist vielleicht ein kleiner Körper oder zwei. Dann folgen die anderen. Die Schritte werden lauter. Sie schwellen an zu einem Stampfen. Dann sehe ich ein Leuchten durch die Ritzen meiner Tür. Flammen, zuerst eine, dann zwei, dann immer mehr, so viele, dass ich sie nicht zählen kann. Sie halten Fackeln in der Hand und stehen im Kreis. Ihre Schatten dringen durch den Türspalt in meine Festung. Sie stehen eng beieinander und kommen näher. Sie bewegen sich, zuerst langsam, in kleinen Schritten, dann schneller, sie laufen um die Mauern meiner Festung, immer im Kreis, immer nah beieinander. Sie stampfen und springen, sodass selbst die Languren das Weite suchen. Nur diese Stimmen bleiben zurück, helle, klirrende Stimmen als Echo im

Wald. Und dieser Gesang: schrill und unheimlich. Sie schwingen Fackeln durch die Luft, sodass sich Lichtkreise in der Dunkelheit bilden, die sich zu flirrenden Augen formen und immer größer werden, die Pupillen kleine lodernde Flammen. Sie starren mich an. Ich entferne mich von der Tür, krieche weit nach hinten, ins Innere meiner Festung, halte den Atem an und mache mich so klein, wie ich kann. So verharre ich viele Stunden, bis sie schließlich verschwinden. Nur die Kinder haben keine Angst, weder vor den Tieren noch vor der Dunkelheit oder dem Tod.

Anfang oder: Alles ist eins

Am Anfang war das Meer. Tiefblau lag es vor ihr, unermesslich und unergründlich. Fiel etwas hinein, verschwand es für immer. An der Oberfläche blieb nur das Licht. Am Anfang war also das Licht, es flirrte auf den Wellen. Das Wogen des Wassers, ein sanftes Schaukeln. Das Meer konnte so friedlich sein, ganz still und leise. Am Anfang war dieser Geruch, stechend süß. Eine Mischung aus Salz und Feuchtigkeit, aus Erde und Staub. Am Anfang war das Rauschen, die Rufe der Krähen, alles wiederholte sich, alles begann immer wieder von vorn.

Ein Keuchen mischte sich dazu. Da lag ein Körper am Ufer. Wie ausgespuckt. Die Arme und Beine ineinander verkeilt. Am Anfang war ein Brennen in der Kehle, ein Pochen im Kopf. Der kalte Sand unter ihr, in den Augen, in der Nase, im Mund, überall rieb und knirschte Sand. Ein Krebs wanderte an ihren Beinen entlang und erschrak, als ein Zucken durch ihren Körper ging, er lief eilig davon. Sie konnte den Kopf kaum bewegen, ihre Augen brannten. Am Anfang war der Nachthimmel. Er spannte sich weit über ihr auf, die Sterne warfen lange Lichtstrahlen, dazwischen flirrten leuchtende Punkte. Sie tanzten, drehten sich im Kreis und verschwanden in der Dunkelheit. Dann kamen sie wieder zurück, kreisten über dem reglosen Körper.

Sie richtete ihren Blick zum Himmel, wie hell doch das Licht war. Dann bewegte sie langsam den Arm, einen Finger zuerst, dann die ganze Hand, dann das Bein, sie zog es heran und richtete sich mühsam auf. Kurz taumelte sie, ein stechender Schmerz in ihren Beinen. Das Meer hatte sie doch wieder ausgespuckt, sie hatte überlebt.

Sie wischte sich den Sand vom Gesicht, spuckte das Salzwasser aus, ein kleiner Fisch, der in ihrem Mund erstickt war, fiel zu Boden. Der Geschmack von Salz war kaum zu ertragen, sie hatte so großen Durst. Der Sand knirschte zwischen ihren Zähnen. Sie machte einen Schritt, als würde sie zum ersten Mal den Boden berühren, die Beine waren noch ganz. Dann tastete sie ihren Körper ab. Sie hatte die Schuhe verloren, ihre Kleidung war durchnässt und zerrissen. Überall steckten Reste von Algen und Sand. Ein tiefer Schnitt zog sich über ihr Bein, das Blut war schon eingetrocknet. Sie blickte über das Meer und erinnerte sich daran, wie es sich aufgebäumt hatte, wie eine helle Linie den Himmel gespalten hatte. Sie erinnerte sich an eine Melodie und an helle Stimmen, die ein Lied gesungen hatten, sie erinnerte sich an das Rauschen, das sich plötzlich über sie gelegt hatte, und daran, wie sie zu Atem gekommen war.

Das Licht, es war wieder da, flog voraus und wartete, bis sie in den Wald hinein folgte. Sie stolperte über Wurzeln und Steine, mal schlug ihr ein Ast ins Gesicht, mal peitschte sie eine Liane, mal fiel ihr etwas Hartes auf den Kopf. Dann verschwand das Licht und ließ sie in der Dunkelheit zurück.

War es schon Tag geworden oder war immer noch Nacht? Welchen Weg sollte sie dieses Mal nehmen? Kurz spürte sie den Boden nicht mehr. Eine Leere umgab sie, ein großes Nichts, das sie langsam verschluckte. Doch dann war ein Pochen zu hören, zuerst leise, war es in ihrem Kopf? Dann wurde es lauter, ein Trommeln von weit her. Das Tageslicht brach langsam durch den Wald. In der Erde entdeckte sie Spuren und folgte ihnen. Der Weg kam ihr so bekannt vor, als wäre sie ihn schon oft gegangen. Die spitzen Steine bohrten sich in ihre Sohlen. Die Blätter leuchteten im Sonnenlicht, Blüten in allen Formen und Farben wuchsen aus den Bäumen. Der Geruch von Zimt lag in der Luft und vermischte sich mit dem Duft der Blüten, es roch nach Lotus und Jasmin, nach Hibiskus und feuchter Erde. Sie ging langsam, bewegte sich vorsichtig den steinigen Pfad entlang. Der Staub legte sich wie eine Schutzschicht auf ihre Haut. Die Erde schmeckte nach Neuanfang. Die Äste knackten und die Blätter raschelten, etwas folgte ihr, beobachtete sie. Dann lichtete sich der Wald, der Weg brach ab. Ein kleines Haus tauchte vor ihr auf, oder vielmehr eine Baracke, dicht an einen Fels gebaut stand sie am Ende des Waldes. Ihre Beine steuerten wie selbstverständlich darauf zu. Das Dach wurde von einem Jackfruchtbaum gehalten, der mitten durch das Haus gewachsen war. Die schweren Früchte waren auf das Dach gefallen, hatten große Löcher hineingeschlagen. Eine Ruine, sie musste schon seit Jahren unbewohnt sein, die Wände und Türen waren kaputt. Schwarze Mauern ragten auf, brüchig, von Blättern und Sträuchern überwuchert. Im Haus lagen Stoffe, mit denen sie sich einen Schlafplatz einrichtete und die Löcher im Dach abdeckte, aber die Insekten krochen trotzdem herein. Rote Ameisen und Geckos, Käfer und Spinnen mit langen haarigen Beinen und dicken schwarzen Körpern. Während sie auf und ab ging, wurde es schlagartig dunkel, der Tag kam und ging ohne Vorankündigung. Das Schnattern der Geckos war zu hören, das leise Summen der Moskitos. Nur durch das Mondlicht konnte sie die Schatten erkennen, konnte sie das weiße Tuch über sich sehen, das in der Dunkelheit leuchtete, sich aufspannte, wenn der Wind hineinblies. Sie lag auf dem Boden und sah nach oben. Ab und an konnte sie Bewegungen ausmachen, kleine Beinchen, die im Tuch versanken, Körper, gerade noch leicht genug, um vom Stoff gehalten zu werden. Schließlich fiel etwas ins Haus und zog das Tuch mit sich, öffnete wieder die Sicht auf den Nachthimmel. Die Sterne riesengroß am Himmel, so nah, als würden sie auf sie zukommen, und sie blinkten und funkelten, alles war in Bewegung, der ganze Himmel voller Lichter. Wie sehr doch dieser Anblick sie vereinnahmte, wie sehr das Licht sie anzog. Sie vergaß alles um sich herum. Bis sie ein seltsames Geräusch hörte. Ein leises Quieken, eine Art Winseln. Etwas bewegte sich unter dem Tuch, versuchte sich zu befreien. Sie wich zurück, nahm einen Stock in die Hand und wartete. Das flauschige Fell eines Langurenjungen kam zum Vorschein. Sein Kopf kahl, große weiße Ohren, sein Gesicht in Falten gelegt, wie das eines alten Mannes, die Hände lang und krumm. Es griff geschickt nach dem Tuch, legte es zur Seite und starrte sie an. So standen sie eine Weile, bis die Müdigkeit zurückkam und sie sich schlafen legten.

Da war sie also, da stand sie also am Anfang. Eine Gestalt inmitten einer Ruine, auf dem Boden zusammengekauert, ein kleiner Körper, schutzlos in der Dunkelheit. Aus der Ferne das Lachen von Kindern. Ein leises Trommeln. Ein leises Knacken im Geäst. Ein Feuer, das im Wind wogte. Nichts davon drang zu ihr.

Die Geräusche rissen sie immer wieder aus dem Schlaf. Ein leises Rufen, ein verhaltenes Kratzen, ein stilles Schnattern. Etwas lief übers Dach, sprang auf und ab. Ein Krachen, ein Schlagen, etwas riss die Blätter vom Baum, brach die Äste entzwei. Mal klopfte es neben, mal über ihr. Etwas lief durchs Gebüsch, drehte sich im Kreis. Die Geckos schnatterten aus jeder Ritze, die Heuschrecken von überall, als säße ein ganzes Heer in den Bäumen. Sie blickte zum Nachthimmel, der Mond eine liegende Sichel. Vielleicht erinnerte sie sich jetzt an diese Geschichte. Es war die Geschichte von einem Geist, der sich weit oben über das Licht gelegt hatte, um die Dunkelheit zu finden, und als alles dunkel war, als er nicht mal mehr seine eigene Hand vor Augen sehen konnte, fiel er selbst in die Dunkelheit und verschwand für immer. Vielleicht sang sie aber auch ein Lied, das sie einmal gehört hatte, vielleicht summte sie die Melodie leise im Schlaf.

Der Boden war kalt unter ihr, als sie erwachte. Ihr Rücken schmerzte, ihre Kehle brannte noch immer, der Geruch von Erde. Das Junge war neben ihr eingeschlafen, sein Körper hob und senkte sich leicht. Der Wind streifte an ihrem Körper entlang. Die Blätter tanzten im Wind, zuerst nur die äußersten, an jedem Ast ein paar, dann begannen sie zu wippen, zu kreisen, bis der Wind mit voller Wucht hineinfuhr, alle Blätter von einem Wirbel erfasst wurden, bis alles erfüllt war vom Rauschen. Die Vögel stimmten ein, über ihr sangen welche in den höchsten Tonlagen, die Bässe kamen von ein paar Bäumen weiter. Da pfiff und schnatterte es. Die Lerchen, die Zikaden, die Heuschrecken und Frösche, die Reiher, unterbrochen vom Schrei eines Pfaus. Darüber legte sich das Rauschen des Meeres, es gab den Rhythmus vor. So wiegte sich alles – vor und zurück, wurde lauter und leiser, wurde alles eins, und sie: mittendrin, ein Teil davon.

Zuerst lief sie über das Gelände und machte eine Bestandsaufnahme des Hauses. Das Dach war kaputt, die Wände eingefallen, die Türen fehlten. Pflanzen wuchsen wild durcheinander, Palmblätter und angefressene Kokosnüsse lagen kreuz und quer. Etwas weiter entfernt waren Steine auf dem Boden verstreut, ein anderer Teil des Hauses, der völlig zerstört worden war. Im Haus lagen alte Gewehre, ein Messer steckte in der Erde. Sie entdeckte eine Feuerstelle mit Kohleresten, eine Axt lag auf dem Boden, rostig und alt. Sie befreite sie vom Rost und nahm sie mit in den Wald. Von überall her führten Pfade zum Haus, von Gräsern und Sträuchern überwuchert, mit Ästen und Laub übersät.

Sie folgte einem der Pfade und kam zu einem verwahrlosten Reisfeld. Eine eigenartige Stille umgab diesen Ort, als wäre die Zeit stehen geblieben. In der Erde waren deutliche Spuren zu erkennen, jeden Schritt, den sie tat, hatte schon jemand anders vor ihr getan. Alles war vorgezeichnet, alles war schon einmal genau so passiert. Hier hatte jemand gelebt, jemand gearbeitet, aber etwas hatte alles zerstört.

Also verließ sie die alten Pfade, bedeckte sie mit Laub und Ästen und schuf neue Wege. Sie zerstörte das Haus, zerschlug das kaputte Dach, die eingefallenen Mauern. Sie nahm die letzten Reste der Vergangenheit und baute damit ein neues Haus über dem alten, aus den alten Mauern neue Mauern, aus der alten Tür eine neue Tür, mit getrockneten Palmblättern baute sie ein Dach. Sie verbrachte Tage und Wochen damit, arbeitete von morgens bis abends, fertigte Schnüre, schlug Holz, schliff Steine. Sie arbeitete ohne Unterlass, die Hände und Füße wund, und nachts fiel sie erschöpft ins Bett.

Das Junge war stets in ihrer Nähe und beobachtete sie, spielte mit einem Ast oder kratzte sich. Manchmal spitzte es die Ohren, wenn es in den Bäumen raschelte, oder duckte sich, wenn es von einem Geräusch erschreckt wurde. Nachts folgte es ihr wie selbstverständlich ins Haus, wo sie ihm eine Schlafstelle eingerichtet hatte, eine kleine Kiste mit Laub und Sand, in die es sich hineinlegte und bis zum Morgen, wenn sie ihre Arbeit wieder aufnahm, schlief. Das Junge wich nicht von ihrer Seite, es wurde zu ihrem Schatten, dicht hinter ihr, folgte ihr in den Wald, wieder zum Haus, verjagte Warane. Es lauschte den Geräuschen, ging in den Wald und kam schnell wieder zurück, legte sich unter einen Baum und wartete, bis sie die Arbeit niederlegte. Sie nannte es Jack, weil es Jackfrüchte am liebsten aß, aber es dauerte, bis es auf seinen Namen reagierte. Also pfiff sie oder schnalzte mit der Zunge, dann kam es angelaufen und sah sie erwartungsvoll an.

Im Wald war es dunkel und kühl, das Licht brach nur hie und da durch das Blätterdach und tanzte über die Erde. Noch nie hatte sie so ein leuchtendes Grün gesehen. Überall wucherte es, Orchideen wuchsen in den Bäumen, manche sahen aus wie tanzende Gestalten aus einer anderen Zeit, mit weiten Kleidern, kleinen Glocken an den Beinen und einem prächtigen Kopfschmuck. Es gab feingliedrige Gewächse, die sich zusammenzogen, sobald sie berührt wurden und ihre Blätter erneut aufspannten, wenn man sich wieder entfernte. Es gab Blüten in allen Farben und Formen, manche hatten sich zu bunten Kelchen geformt, andere zu fleischigen Mäulern und kunstvollen Wesen. Kleine Tropfen lösten sich von den Blüten und verschwanden in der Erde. Die Palmblätter pendelten im Wind, jedes davon erzitterte, als würde jemand darüberstreichen. Alles bewegte sich, an jedem Baum kletterten Palmenhörnchen entlang, und weiter oben zwischen den Ästen konnte sie manchmal Springmäuse ausmachen, die von einem zum nächsten Baum hüpften. Es gab hier so viele Arten von Vögeln, dass sie irgendwann aufhörte, ihre Stimmen zu unterscheiden. Die Warane bewegten sich schwerfällig durch das Gebüsch, fauchten sie an, wenn sie ihnen zu nahe kam, kletterten die Baumstämme hoch, um sie zu beobachten. Manchmal kam ein Rudel Languren vorbei, sprang durch die Äste. Die Blätter raschelten laut, die Äste bogen sich nach unten, die Schalen der Kokosnüsse landeten mit einem lauten Schlag auf dem Boden. Die Mütter trugen ihre Kinder, der Anführer trieb seine Herde voran, während das Junge sich hinter einem Baum versteckte oder sich an ihrem Bein festhielt. Manchmal hielten sie inne, und etwas fiel auf den Boden. Reste ihres Essens, Steine und Äste. Manchmal bewarf einer der Anführer sie mit Kokosnussschalen, doch das Junge folgte ihnen nicht.

Nachts saß sie stundenlang am Ufer und schaute zu den Sternen. In den klarsten Nächten waren Hunderte, Tausende Punkte am Himmel zu erkennen, manche schimmerten und funkelten, als würde sich das Licht durch die Dunkelheit kämpfen. Manchmal setzte ein Lichtregen ein, als würden die Sterne vom Himmel fallen. Sie zogen lange Linien über ihr oder leuchteten nur für den Bruchteil einer Sekunde auf. Zeichen, die sie nicht deuten, die sie nicht begreifen konnte. Der Nachthimmel spannte sich weit über ihr auf, nahm alles für sich ein, sie selbst war nur ein winziger Punkt, von dort oben nicht mehr erkennbar. Sie betrachtete die Zeichen am Himmel, die sich neu ordneten und verschwanden, irgendetwas blieb ihr verborgen. Sie versuchte sich zu erinnern, an die Geschichten, die in ihr schliefen, immer wieder kamen Sätze in ihr hoch und lösten sich wieder auf. Es war einmal eine Insel. Es war einmal ein Geist. War es das Licht ihrer Ahnen, in das sie blickte? War es die Vergangenheit oder war es die Zukunft?

Wenn sie sich ins Bett schleppte, wurden die Geräusche wieder lauter, und sie hatte Mühe, in den Schlaf zu finden. Es war jede Nacht dasselbe Spiel. Die Blätter begannen zu rauschen, und manchmal hörte sie Schritte.

Doch immer, wenn sie nach draußen ging, war da nichts zu erkennen. Es knackte in den Ästen, das Rauschen verebbte. Die Tiere suchten ihre Nähe, die Geckos drängten sich durch jede Ritze und hielten sie wach mit ihrem Geschnatter. Spinnen und Käfer irrten hektisch herum, auf der Suche nach dem Ausgang. Sie stopfte die Löcher und Ritzen jeden Tag neu, doch immer fanden sie einen anderen Weg. Einmal verirrte sich ein Hundertfüßer und biss ihr in den Finger, während sie schlief. Der Schmerz war so stark und ihre Hand schwoll dermaßen an, dass sie tagelang nicht arbeiten konnte.

Je später es wurde, desto lauter wurden die Geräusche. Jedes Mal dachte sie, das Haus könnte einstürzen, jemand würde die Tür einschlagen, etwas würde über ihren Körper laufen. Sie hörte Schritte, ein Schlagen, ein Keuchen. Manchmal träumte sie, dass sich der Boden unter ihr bewegte, dass sie auf Schlangen lag, die sich um ihre Arme und Beine wanden. Dann wieder träumte sie, dass ein Waran ihr mit seinem Schwanz den Kopf abtrennte, ein Affenrudel in das Haus eindrang, dass das Dach einstürzte und sie unter dem Schutt erwachte. Sie träumte, dass sie im Feuer stand und die Flammen auf ihrer Haut loderten. Manchmal wurden die Schritte lauter, manchmal hörte sie ein leises Trommeln, aber es waren nur Äste, die aneinanderschlugen. Jedes Mal erwachte sie schweißgebadet, mit pochendem Herzen und zitterndem Körper.

Tagsüber verwandelte sich dann alles in ein harmloses Treiben. Im Licht erstrahlte die Insel in den schönsten Formen und Farben. Sobald sie im Wald war, eingebettet in das leuchtende Grün, umgeben vom Rauschen der Blätter, dem leisen Zirpen der Insekten und den Melodien der Vögel, beruhigte sich ihr Puls, und sie spürte, wie sich ihr Brustkorb dehnte, als hätte ihr Herz sich geöffnet. Manchmal legte sie sich auf den Boden und blickte nach oben, sah, wie die Blätter sich zum Licht streckten und nur ein kleines Stück Himmel freigaben. Dann begannen die Baumstämme zu knarren, und sobald sie sich nicht mehr bewegte, kamen die Tiere näher, begann es um sie herum zu kriechen, wanderten die Ameisen über ihren Körper, als wäre sie Teil des Waldes. Selbst die Palmenhörnchen kamen näher, schnupperten an ihrer Haut und liefen schnell wieder davon. Sie fasste in die Erde, tastete an den Baumstämmen entlang. Pilze wuchsen aus der Rinde, haarige Tausendfüßer schliefen weit oben, Raupen hingen an unsichtbaren Fäden in der Luft, und Fliegen verkeilten sich ineinander und flogen davon. Sie entdeckte immerzu neue Dinge, aus jeder Ritze kam etwas hervor, der ganze Wald lebte und bewegte sich, alles war miteinander verbunden.

Eines Tages, als sie wieder im Wald lag und nach oben blickte, durch die Blätter ins Licht blickte, versuchte sie sich zu erinnern. Die Vergangenheit war wie ein Mosaik aus Bildern, wie ein Nachthimmel voller Sterne, die aufleuchteten und wieder verblassten. Sie spürte einen Schmerz im Inneren, der sie nicht losließ, einen Schmerz, der alles durchdrang, als wäre etwas zu Bruch gegangen, für immer verloren.

Sie wiegte sich im Rauschen des Waldes, ein Lied drang zu ihr, eine leise Melodie, aber sie konnte sie nicht fassen, sie entwischte ihr immer wieder. Dann mischte sich ein Rufen dazu, eine zaghafte Stimme, die durch den Wald hallte und wieder verstummte. Sie sprang auf, wartete, bis die Stimme wieder zu hören war.

Hallo?, rief sie.

Dann hörte sie es rascheln, hörte die kleinen Äste unter Schritten knacken, bis ein kleines Mädchen mit geflochtenen Zöpfen vor ihr stand, so klein, sie reichte ihr gerade bis zur Hüfte. Das Mädchen hatte keine Angst, kam bestimmt auf sie zu, als wäre sie auf der Suche nach ihr gewesen, und lächelte.

Was machst du hier?, fragte das Mädchen.

Ich versuche mich zu erinnern, sagte sie. Das Mädchen sah sie verwundert an, kam näher und legte ihr eine Hibiskusblüte in die Hand. Sie war wunderschön und leuchtete wie Feuer in der Dunkelheit.

Glaubst du, die Blüte hilft mir, mich zu erinnern?

Du musst nur weit genug gehen, sagte das Mädchen und deutete auf die Axt. Was machst du damit?

Ich fälle Bäume für mein Haus, sagte sie und steckte sich die Blüte ins Haar.

Wo ist dein Haus, darf ich es sehen?, fragte das Mädchen.

Komm mit, ich zeig es dir.

Sie gingen durch den Wald, unter ihnen das Rascheln des Laubs, das Knacken der Äste. Sie konnte sich nicht erinnern, wann sie zuletzt in Gesellschaft gewesen war. Sie streifte den Arm des Mädchens und lächelte ihr zu. Was für ein eindringlicher Blick von dem Mädchen ausging.

Was machst du im Wald?, fragte sie.

Ich habe nach dir gesucht, sagte das Mädchen.

Woher wusstest du, dass ich hier bin?

Das Mädchen sah sie an und verdrehte die Augen. Man hört dich.

Woher kommst du?

Aus dem Norden, sagte das Mädchen.

Wo ist der Norden?, fragte sie.

Das weißt du doch, sagte das Mädchen, wir warten auf dich.

Auf mich?

Das Mädchen sah sie verständnislos an. Als sie das Haus erreichten, öffnete sie die Tür, zeigte dem Mädchen die Schalen und Krüge, alles, was sie gemacht hatte. Das Mädchen ging von einem Gegenstand zum nächsten, musterte die Sachen mit großen Augen und strich mit den Fingern über die Oberflächen. Doch dann verfinsterte sich ihr Gesicht, und sie zeigte auf das Gewehr, das an der Wand hing. Es war größer als die meisten Gegenstände im Raum, dunkel und schwer sah es aus, wie ein Fremdkörper hing es an der Wand, ein Ding aus einer anderen Zeit.

Willst du es anfassen?, fragte sie, doch das Mädchen schüttelte heftig den Kopf.

Wegen der Tiere, sagte sie.

Das Mädchen sah sie fragend an.

Wegen der wilden Tiere, wiederholte sie.

Was meinst du mit wild?

Gefährlich, sagte sie.

Das Mädchen schüttelte den Kopf.

Ich habe ein Geschenk für dich, sagte sie und gab dem Mädchen eine kleine Trommel, die sie gebaut hatte. Das Mädchen schlug vorsichtig mit den Fingern darauf, ein langsamer Rhythmus, wie Schritte, die durch den Wald gehen. Dann hielt sie inne und blickte auf.

Du bist hier falsch, sagte das Mädchen, verabschiedete sich, huschte durch die Tür und war schon einen Augenblick später verschwunden, so leise, wie sie gekommen war, als wäre sie nie da gewesen.

Sie machte weiter, arbeitete jeden Tag im Wald. Immer wenn sie ein Rascheln hörte, hob sie den Kopf, glaubte sie, die Schritte des Mädchens zu hören, wartete sie darauf, ihr Lächeln wiederzusehen. Doch es waren immer nur die Tiere oder der Wind, der die Blätter in Aufruhr brachte. Was für ein eigenartiges Mädchen, was für ein durchdringender Blick. Etwas Dunkles hatte in ihren Augen gelegen, ihr Ausdruck erwachsen und weise, als hätte sie schon ein ganzes Leben hinter sich. Wir warten auf dich, hatte das Mädchen gesagt, aber wer war damit gemeint und warum sollte sie hier falsch sein? Sie war richtig, genau dort, wo sie war, sie gehörte hierher, gehörte zum Wald.

Die Tiere beobachteten sie bei der Arbeit. Die Languren und Vögel auf den Ästen, die Warane im Gebüsch. Sie saßen da und kratzten sich, schliefen, schauten ihr wieder zu. Sie fügte sich ein in den Rhythmus des Waldes, während die Tiere jeden Tag näher kamen, sie verloren allmählich ihre Scheu. Sie fällte nur so viele Bäume, wie sie brauchte, und schon nach kurzer Zeit wuchsen aus ihren Stümpfen neue Pflanzen. Sie sah, wie sich die Tiere vermehrten, sah die jungen Vögel aus den Eiern schlüpfen, beobachtete die kleinen Geckos, die fast unsichtbar waren, so dünn und transparent war ihre Haut.

Überall blühte es, die Blüten schlossen sich nachts, als würden auch sie sich schlafen legen, und öffneten sich morgens aufs Neue. Nachts keimten dafür andere Blüten, die Nachtfalter und Fledermäuse anlockten und morgens verstreut auf dem Boden lagen. Immer wenn sie stillhielt und wartete, kamen die Tiere aus ihren Verstecken. Sie ließen sich Zeit beim Grasen und Jagen, schauten sie an, aber durch sie hindurch, als wäre sie ein Baum von vielen. Manchmal konnte sie sogar Rehe und Hirsche ausmachen, sie standen eng beisammen und zuckten mit den Ohren, ihr kupfernes Fell glänzte im Licht. Die Hirsche schlugen ihre Geweihe an die Bäume und rieben sich daran, hörten erst dann damit auf, wenn sie ihre Schritte wahrnahmen, und suchten schnell das Weite.

Nach und nach drang sie tiefer in das Leben des Waldes ein, sie stellte Veränderungen an sich fest. Es kam ihr so vor, als hätten sich ihre Sinne geschärft. Sie hörte plötzlich neue Töne, konnte selbst die unscheinbarsten Insekten vernehmen, hörte die Schritte der Ameisen, das Huschen der Schlangen und das Saugen der Fledermäuse, wenn sie nachts ihre Köpfe in die Blüten tauchten. Das Wasser hatte jeden Tag einen anderen Geschmack, je nachdem, woher der Wind kam und wie lange es geregnet hatte. Sie roch jede Blüte, die sich öffnete, die Kadaver der gejagten und zurückgelassenen Tiere, die im Laub verwesten, und sie spürte jeden Sonnenstrahl, der auf ihre Haut fiel und in ihrem Körper eine Wärme hinterließ, die sie mit in den Schlaf nahm.

Doch sie sah nicht nur das, was lebte, was wuchs und blühte, sondern auch das, was zurückblieb und zugrunde ging, sie sah die Zerstörung, den Hunger, den Kampf ums Überleben, sie sah die zerfleischten Kadaver in der Erde, die verwundeten Bäume, die austrockneten und abstarben, die gehetzten Tiere, ständig auf der Flucht. Sie sah mit einem Mal so viel Leid und Angst. Sie war die Einzige, die eingreifen, die etwas verändern, aufhalten, die etwas zurechtrücken konnte.

Sie ging in das Haus und nahm das Gewehr, dieses Mal ging sie entschlossen in den Wald. Wieder sah sie den Hirsch, der sein Geweih am Baum rieb, die Rinde lag auf dem Boden, der Stamm war weiß und wund. Beim zweiten Schuss ging er zu Boden, während alle anderen Tiere davonliefen, so schnell waren sie noch nie verschwunden. Dann wurde es still um sie herum, als hätte der Schuss jedes andere Geräusch verschluckt.

Seit diesem Tag war das Junge verschwunden. Sie hielt im Wald Ausschau nach ihm, aber es kehrte nicht mehr zurück, auch das Mädchen war nicht wiedergekommen. Es stellte sich eine beruhigende Eintönigkeit ein. Sie stand auf, machte sich an die Arbeit, sie aß etwas, ging zu Bett, schlief und träumte, bis das Licht sie weckte und ein neuer Tag begann.

Sie hatte den Norden gemieden, seit sie angekommen war, etwas hatte sie davon abgehalten, dorthin zu gehen. Doch seit dieses Mädchen zu ihr gekommen war, dachte sie immer öfter daran. Das Mädchen hatte von mehreren gesprochen, hatte gesagt, dass sie dort auf sie warteten. Es musste Dörfer hier geben, aber sie mussten weit entfernt liegen, sie hatte bisher kein Lebenszeichen ausmachen können. Es mussten ein paar hundert Menschen hier leben, aber sicher war sie sich nicht. Das Mädchen, etwas war seltsam an ihr gewesen, an ihrem Blick, ihrem Ausdruck, als würde sich dahinter etwas verbergen, eine neue Welt oder ein tiefer Abgrund.

Die Gedanken ließen sie nicht mehr los, immer wieder kehrten sie zurück zu dem Mädchen, fragte sie sich, wer diese Menschen waren, die hier lebten, zu welcher Familie das Mädchen gehörte und was im Norden vor sich ging. Sie stellte sich ihre Häuser vor, ihre Gewänder, ihre Musik, ihren Gesang, ihre Stimmen. Sie stellte sich vor, wie sie dort saßen, wie sie sich an den Händen hielten, sich aneinander festhielten, wie sie alle zusammen waren, während sie allein in der Dunkelheit war.

Eines Tages packte sie eine Tasche, nahm Geschenke mit, Schalen und kleine Glücksbringer, sie schlug sich durch den Wald, immer weiter Richtung Norden. Wie weit war das Dorf wohl entfernt, oder gab es mehrere Dörfer? Im Wald war nichts zu hören, kein Hinweis, in welche Richtung sie gehen sollte, keine Stimmen, keine Schritte, keine menschlichen Geräusche. Stundenlang lief sie hierhin und dorthin, lief querfeldein, an der Küste entlang und wieder hinein in den Wald. Erst als sie den Norden erreichte, konnte sie eine dünne Rauchsäule erkennen. Ihr Herz klopfte vor Aufregung, sie umklammerte das Messer und ging darauf zu.

Schwarz ist die Farbe des Krieges

1

Hier ist es nicht mehr sicher, aber von hier gibt es keinen Ausweg. Ihre Rufe sind bis in den Süden zu hören, ihre Schreie, ihr Trommeln. Ich baue weiter an meiner Festung. Die Pflöcke spitzer, die Mauern höher. Und hinter der Mauer baue ich eine weitere Mauer und dazwischen einen Graben, ein Feld voller Pflöcke, das sie aufschlitzen wird. In die Gänge meines Labyrinths baue ich neue Winkel mit weiteren Fallen. In den Wäldern befestige ich Seile, die sich um ihre Körper schlingen werden. Ich verriegle die Türen mit schweren Stämmen und Ästen. Ich bin ihnen immer einen Schritt voraus.

2

Der Boden ist voll abgestorbener Blätter und Äste, die von den Bäumen brechen. Sie halten dem Gewicht der Languren nicht mehr stand. Die letzten Früchte, angefressen von den Tieren der Insel, faulen in der Sonne. Tagsüber stehe ich auf meinem Wachturm, habe alles im Blick. Bei klarer Sicht kann ich bis in den Norden sehen. Ein Hügel ragt zwischen den Bäumen auf, er ist kleiner als mein Fels. Sie stehen sich genau gegenüber, als gäbe es eine Verbindung zwischen ihnen. Um den Hügel herum haben sie ihr Dorf gebaut, kleine Holzhütten mit Palmdächern. Manchmal sehe ich den Rauch ihrer Feuer, höre ich das leise Trommeln. Wahrscheinlich tanzen und singen sie, halten sich mit den Händen aneinander fest und bewegen sich im Kreis um das Feuer. Sie singen Lieder, die ihnen Hoffnung geben, oder sie erzählen sich Geschichten von Zeiten, in denen die Welt noch ganz war. Hinter meiner Festung entdecke ich einen Pfad. Unscheinbar, fast nicht zu erkennen, der Boden heller, das Gras festgetreten. Eine Spur, die in den Wald führt. Ich folge ihr, doch schon nach wenigen Metern verliere ich sie.

3

Der Wald ist kahl. Die Erde trocken. Voller Risse und Löcher. Der Staub treibt durch die Luft. Von den Blättern ist nichts mehr geblieben, die Reste unkenntlich, zu Staub zerfallen, die Stämme der Nagasbäume verwachsen. Die Äste von sich gestreckt, sehen sie aus wie Geister. Sie waren einmal die größten Bäume der Insel, eine opulente Blätterpracht an den Ästen, die sich zuerst rot und pink färbte, dann leuchtend grün. Große weiße Blüten wuchsen paarweise aus den Knospen. Das Holz ist hart wie Eisen. Es kostet Tage, oft Wochen, um einen Baum zu fällen und zu bearbeiten. Meine Kraft reicht kaum aus. Ich breche auf, wenn die Sonne sich am Horizont zeigt, frühmorgens, und hacke mit einer Axt auf den Stamm ein. Die gleichmäßigen Schläge sind über die ganze Insel zu hören. Ich beende die Arbeit erst, wenn meine Hände wund sind und meine Muskeln pochen. Dann, wenn ich nach Tagen und Wochen an allen Seiten tiefe Kerben geschlagen habe, beginnt es zu knirschen, als würden sich die Zikaden im Stamm versammeln und auf ihren Absprung warten. Ich gebe dem Baum einen letzten Stoß, und er fällt, fast ein wenig dramatisch, mit einem lauten Schlag zu Boden.

4

Mit dem Holz baue ich neue Fallen, verstärke ich die Türen, perfektioniere ich mein System. Jeden Tag finde ich neue Stellen, die durchlässig sind, mangelhaft ausgeführt, fehlerhaft konstruiert. In der Nacht schrecke ich auf. Das Tor könnte nicht ausreichend gesichert sein, die Fallen könnten nicht funktionieren. Dann laufe ich hinaus und wieder hinein, durch die Gänge, und kontrolliere alles noch einmal, repariere, korrigiere, bis ich verschwitzt und außer Atem wieder in mein Bett falle.

5

Nachts ist es immer dasselbe Spiel. Zuerst ist es still, bis sich ein paar kleine Körper durch das Geäst schlagen. Kleine Schritte. Dann ein Raunen, ein Schnattern, ein Fauchen. Die größeren kommen, ihre Schritte schwer und dumpf. Sie wandern durch den Wald, formieren sich zu einer Armee und bewegen sich auf mich zu. Durch die Ritzen meiner Festung sehe ich ihre Augen im letzten Mondlicht aufblitzen. Kleine Lichter, in verschiedenen Formen und Größen. Selbst hoch oben in den Bäumen lange Reihen aus Lichtpaaren, die immer näher kommen. Doch dann erstarren sie. Als würde etwas sie aufhalten. Vielleicht sind es meine Mauern, vielleicht sind sie stark genug. Ich entferne mich leise von der Tür, ziehe mich zurück in die dunkelste Ecke meiner Festung. Dort lege ich mich auf den Boden. Ich schließe die Augen und verschränke meine Hände ineinander. Ich stelle mir vor, dass ich mich an jemandem festhalte, singe ganz leise und warte, bis die Nacht endlich vorbei ist.

6

Stundenlang, tagelang laufe ich durch die Wälder. Es ist kaum mehr was zu finden. Bald wird der Hunger endgültig überhandnehmen. Die Palmen strecken ihre schwarzen Stämme ins Licht, von ihren Blättern ist nichts mehr geblieben. Sie säumen das Ufer, schwarze Pfähle, aufgerichtet wie zum Angriff. Manche sind abgebrochen, hängen lose an den Wurzeln, ächzen im Wind. Die Vögel fliegen hektisch umher. Sie leuchten in der dunklen Landschaft, leichte Beute für die Tiere der Insel. Das Tosen des Meeres dringt zu mir. Es wird lauter und bedrohlicher mit jedem Tag. Manchmal sind die Wellen so hoch, dass ich glaube, sie könnten das Letzte sein, was ich sehe, aber sie flachen ab, jedes Mal, und ziehen sich wieder zurück.

7

Die Fische sind zu schnell. Mein Arm schmerzt. Ich ziele noch einmal, lasse den Stock so schnell wie möglich ins Wasser schießen. Dann spüre ich einen Widerstand. Der Fisch zappelt wild, fast entwischt er mir. Ich laufe ans Ufer, schlage seinen Kopf so lange auf den Boden, bis er sich nicht mehr bewegt. Die Augen unverändert, das Maul weit geöffnet. Ich schneide seinen Körper auf, das Herz in meiner Hand, so klein und verletzlich. Ich vergrabe es in der Erde und gehe zurück, mache ein Feuer und esse alles auf, bis nur noch das Skelett und der Kopf übrig sind. Die Augen sind verblasst.

8

Der Monsun beginnt. Die schwarzen Wolken verdichten sich, sie hängen schwer am Himmel, als könnten sie jeden Moment herabstürzen. Der Donner erschüttert die Insel und lässt die Bäume erzittern. Lichtblitze entladen sich im Meer. Der Wind wirft Bäume um, reißt Pflanzen aus der Erde. Und dann kommt der Regen: Er schlägt Löcher in den Boden. Die heiße Erde dampft und trübt die Sicht. Der Regen trommelt gegen mein Dach, als würde der Fels sich lösen, Gesteinsbrocken mein Haus unter sich begraben. Die Tiere ziehen sich in ihre Verstecke zurück. Der Gedanke an den Untergang fährt in mich, aber er verflüchtigt sich wie der Regen, der schon nach wenigen Stunden weiterzieht. Nach jedem Regen klart der Himmel wieder auf, und die Wolken lösen sich allmählich im Licht auf. Dabei formen sich Bilder, die nur für Sekunden erkennbar sind. Manchmal sehen sie aus wie Flotten von Kriegsschiffen, die am Himmel entlangziehen. Kurz legt sich eine friedliche Stille über die Insel, bis die Tiere aus ihren Verstecken kommen, die Vögel wieder ihre eigenartigen Lieder singen, die Frösche zu schnarren beginnen und ein einsames Rufen im Wald zu hören ist. Meine Fässer haben sich mit Trinkwasser gefüllt, so voll, dass sie übergehen. Das Wasser ist kalt und schmeckt erdig. Es geht weiter.

9

Ich mache mich bereit. Mit dem Gewehr an meiner Seite warte ich Tag und Nacht. Ich gehe auf und ab. Wann werden sie kommen? Jeden Moment könnte es so weit sein. Ich schleife die Klingen. Ich baue Pfeile und Speere, baue Waffen für eine ganze Armee. Ich lege Fallen überall dorthin, wo ich Fußspuren erahne. Selbst den Fels habe ich gesichert, sollten sie aus dem Hinterhalt kommen. Ich schleiche durch den Wald, lege Fallen zwischen die Bäume, grabe tiefe Gruben. Doch nur die Tiere gehen in meine Fallen. Ein Waran lag in einem Loch, aufgeschlitzt von den spitzen Pflöcken, daneben eine Schlange, ihr Maul weit aufgerissen, als hätte sie noch versucht, sich den Waran einzuverleiben. Ich tausche die Fallen, entferne die Tiere, werfe sie über meine Schultern. Ihre Körper kalt und rau.

10

Sie sagen, die Geister sind überall. Sie laufen nachts über die Baumkronen, sie trinken von den Wurzeln der Pflanzen, sie springen über das Meer und tanzen im Feuer. Immer dann, wenn die Götter sich schlafen legen. Sie rütteln an der Welt, stellen das Gleichgewicht wieder her, das so schnell aus den Fugen gerät, und dann kommt ein neuer Tag, und der Kreislauf beginnt wieder von vorn.

II

Ich entdecke einen neuen Pfad. Ich folge ihm, immer weiter hinauf in den Norden, bis sich die Spur verliert, genauso wie letztes Mal. Ich gehe weiter und komme zu einer Lichtung. Dort steht wieder einer von ihnen. In derselben Position. Unter einem Baum, mit geschlossenen Augen, ein Bein angewinkelt, die Stirn mit Farbe beschmiert. Er trägt einen prächtigen Hut, geschmückt mit großen Krallen. Die roten Federn leuchten im Sonnenlicht. Wie Blut, wie Feuer, wie brennende Dörfer. Er hält eine Blüte in seiner Hand. Im Kern leuchtet sie beinah feuerrot, doch an den Rändern ist sie schwarz, genauso wie alles andere. Ich verstecke mich hinter einem Baumstamm, werfe einen kleinen Stein nach ihm, doch er bemerkt mich nicht. Erst als ich einen größeren Stein werfe, blickt er hektisch um sich. Als er nichts erkennen kann, klettert er auf den Baum. Ich bleibe stehen, wie erstarrt. Von dort oben könnte er mich entdecken. Es ist still im Wald, nur ein zaghaftes Raunen ist zu hören, hie und da ein Knacken in den Bäumen. Dann wird das Knacken lauter. Eine Gruppe Languren sitzt auf einem Ast über mir und bewirft mich mit Steinen. Ich blicke hinauf, doch ihn sehe ich nicht mehr.

12

Die Krähen warten. Irgendetwas passiert. Sie sitzen auf der Brüstung meiner Mauer, auf meinem Dach, in den Bäumen. Sie gehen auf und ab, drehen ihre Köpfe, starren mich an. Irgendetwas wissen sie. Sie stehen dicht an dicht. Manche fliegen kurz auf, dann landen sie wieder. Ihre Augen sind genauso schwarz wie ihre Schnäbel, ihre Federn, ihre Beine. Ihre Rufe sind über die ganze Insel zu hören, zuerst nur vereinzelt, dann werden es immer mehr. Jetzt haben sie alles für sich eingenommen. Eine sieht mich an, streckt den Kopf nach vorn, kreischt mich an, ihre Brust vibriert, ihr Schwanz zeigt nach oben. Sie springt auf mich zu, springt auf meine Schulter, hackt auf meinen Kopf.

13

Wenn ein neuer Tag beginnt, die Sonne sich allmählich über die Hügel erhebt und den Himmel in seinen schönsten Farben erstrahlen lässt, wenn er dann hell zu leuchten beginnt, in seinem klarsten Blau, und nur spärliche Wolken, ganz weiß und friedlich, über mir wandern, ist es, als wäre alles nur vorübergehend, nur ein kleiner Riss, der wieder heilt, als könnte sich irgendwann das Vergessen über die Insel legen und alles wieder zurückkehren, alles wieder von Neuem erblühen. Pflanzen könnten sich wieder aus der Erde strecken, Blätter an den Ästen der Bäume wachsen, kleine Knospen könnten sich bilden, Blüten sich öffnen und bunt im Sonnenlicht strahlen. Eines Tages, wer weiß?

14

Warum holen sie mich nicht? Warum bereiten sie dem Ganzen nicht endlich ein Ende? Irgendwo müssen sie doch sein. Ich weiß genau, dass sie hinter mir her sind. Sie sind immer in der Nähe. Ab und an höre ich ein Scharren, dumpfe Schritte. Aber sobald ich mich umdrehe, blicke ich ins Leere. Manchmal höre ich Stimmen, ganz dicht an meinem Ohr, ein höhnisches Lachen, als wären sie überall, wo ich hingehe, als wären sie mir immer auf den Fersen. Etwas wandert durch die Wälder. Manchmal legt sich schlagartig eine Stille über die Insel, und die Tiere flüchten in ihre Verstecke. Dann kann ich erahnen, wie es sein wird, wenn alles tot ist. Bis die Trommeln erwachen, lauter und lauter werden, bis der Wind wieder in die Wälder greift, bis das Geschrei der Languren, der Gesang der Vögel, das Schnattern der Frösche sich zu einem Rhythmus vereint: dem Atem der Welt.

15

Sie sagen, die Geister sind unruhige Seelen. Sie wechseln ihre Gestalt, wenn sie in Aufruhr gebracht werden. Etwas lässt sie nicht zur Ruhe kommen. Etwas treibt sie an. Aber vielleicht sind sie ja auf der Flucht, vielleicht werden sie von den Göttern gejagt. Alles nur Gerüchte, alles nur Mutmaßungen, was wissen die schon, im Norden? Die Geister hinterlassen ihre Spuren für die Lebenden, Schriftzeichen in Baumrinden, Worte im Sand, Flammen im Wald, Lichtblitze am Himmel. Sie finden sich überall, man muss nur genau hinsehen: Vogelschwärme, die am Himmel Formationen bilden, Flammen, die sich einen Weg durch den Wald schlagen. Ihre Worte blitzen kurz im Tanz des Feuers auf. Dann greifen die Flammen um sich und vernichten alles, was ihnen im Weg steht.

16

Im Traum stehen sie vor dem Tor. Ihr Trommeln pulsiert in meinen Adern. Ich laufe durch die Festung, schnell den Wachturm hinauf. Dort beziehe ich Stellung, sodass alle mich sehen können, und lache. Sie zielen mit ihren Pfeilen auf mich, doch sie schießen nicht hoch genug. Die Pfeile prallen an meinen Mauern ab. Ich lache lauter. Höhnisch. Meine Stimme tief und dunkel. Doch dann werfen sie sich mit aller Kraft gegen das Tor. Es sind so viele, dass es nicht standhält und unter ihnen verschwindet. Ich höre ihr Stampfen, immer schneller und lauter, dazwischen ihre Schreie. Nichts kann sie aufhalten. Meine Gänge sind keine Irrwege, sie führen geradewegs zu mir, die Fallen kein Hindernis, die Klingen zielen ins Leere. Und dann stehen sie vor mir. Ihre Speere bohren sich in meinen Körper. Ich lache noch immer, obwohl ich weiß, dass ich schon tot bin. Und dann fallen sie über mich her. Sie reißen mir meine Arme aus. Meine Beine. Ich spüre nicht mal einen Schmerz.

17

Der Mond lacht über uns. Nachts, wenn er über den Himmel zieht, erleuchtet er die Insel in all ihrem Elend. Die kahlen Bäume sehen gespenstisch aus, als würden sie zum Leben erwachen. Doch das Licht des Mondes wird jede Nacht schwächer, die Sterne weniger, sie leuchten ein letztes Mal auf und fallen ins Meer. Mit jedem Atemzug rückt die Dunkelheit näher. Mit jedem Atemzug stirbt etwas in mir. Selbst die Wände scheinen näher zu rücken. Immer enger wird es in meiner Festung.

18

Im Traum sehe ich ein Gesicht vor mir, es kommt auf mich zu. Die Augen sind schwarz, und auf dem Kopf lodern Flammen, darin kleine Gestalten, die singen und tanzen. Es reißt sein Maul auf, die Zähne lang und spitz. Bevor ich darin verschwinde, wache ich auf.

19

Der Himmel ist kaum vom Wasser zu unterscheiden, die Sonne so hell, dass ich nichts erkennen kann. Die Wellen reißen mich mit, schlagen mich zu Boden, ich schwimme weiter hinaus, aber ich komme nicht von der Stelle, als hätte mich eine Strömung erfasst. Ich nehme alle meine Kraft zusammen, ich kämpfe gegen das Meer. An meinem Körper prallen die Kadaver der Fische ab, manchmal gleitet etwas über meine Haut, vielleicht eine Muräne. Ich tauche hinab, öffne die Augen. Die Lichtstrahlen reichen bis weit in die Tiefe. Ein paar kleine Fische verschwinden in den Augenhöhlen eines Schädels, der auf dem Grund liegt. Und dann fliegt etwas an mir vorbei, kehrt um, steuert genau auf mich zu, wie ein Adler, ein Fisch mit breiten Flügeln, der die Kadaver aufwirbelt und an die Oberfläche treibt. Seine Flügel umschließen mich. Alles wird schwarz um mich herum.

20

Mein Hals brennt, als ich am Ufer erwache. Ich kann meinen Kopf kaum halten, meine Glieder schmerzen. Ich lasse mich wieder in den Sand sinken und erbreche das salzige Meerwasser. Kleine, dünne Fische mit finsteren Augen kommen aus meinem Mund. Sie zappeln noch. Ihre Mäuler weit aufgerissen, schnappen sie nach Wasser, bis ihr Gesicht schließlich einfriert.

21

Wie viele werden kommen? Stehen sie bereits vor meinen Toren? Sind ihre Waffen schon auf mich gerichtet? Vielleicht waren Späher hier, als ich im Wald war. Vielleicht sitzen sie schon in den Gängen meiner Festung. Es gibt so viele Wege, die zu mir führen, ich kann nicht alle kontrollieren. Werden sie die Tore aufbrechen oder die Mauern erklimmen, werden sie aus dem Hinterhalt kommen und sich vom Fels zu mir abseilen, oder kommen sie von überall gleichzeitig und fallen über mich her? Die Festung wird nicht standhalten. Plötzlich wird es mir bewusst. Sooft ich auch durch die Gänge wandere, ich finde immer neue Fehler. Das Labyrinth ist zu simpel, die Fallen leicht zu umgehen, die Tore nur stümperhaft gesichert, die Mauern zu niedrig. Ich laufe durch die Gänge, an den Fallen vorbei, ich reiße das Tor auf und gehe nach draußen, atme die Luft, so klar und so frei. Ich klettere auf einen Baum und warte zwischen den Ästen. Hier werden sie mich am wenigsten vermuten. Die Languren beobachten mich, aber sie lassen mich in Ruhe. Und immer kommen neue hinzu, bis sich eine ganze Riege auf den Ästen versammelt und mich anstarrt. Auf meinen Schultern Palmenhörnchen und Papageien. Sie warten mit mir, aber auf wessen Seite sind sie? Ich warte. Auch dieses Mal kommen sie nicht. Wissen sie denn überhaupt noch, dass ich existiere?

22

Im Norden braut sich eine dunkle Wolkenmasse zusammen. Sie verschluckt den Hügel, die Wälder, kommt immer näher auf mich zu. Eine leuchtende Linie zerschneidet den Himmel, genau da, wo die Grenze verläuft. Dann folgt der Donner, der Schall dröhnt über die Insel. Wie ein gewaltiger Schlag, wie Gesteinsmasse, die sich in Bewegung setzt, als würde der Fels hinter mir zusammenstürzen. Ich gehe nach draußen, doch er steht noch da, an derselben Stelle wie immer. Der Blitz erleuchtet seine Gestalt. Groß und mächtig steht er hinter mir und wirft lange Schatten. Die Krähen fliegen tief, ihre Schreie vermischen sich mit dem Donner. Die Wolken werden dichter und dunkler, kommen immer näher auf mich zu. Der Wind fährt durch das Gestrüpp, reißt Äste mit sich, wirft die morschen Baumstämme um, wirbelt die verdorrten Sträucher durch die Luft. Dann versinkt wieder alles in der Dunkelheit, bis neue Lichtblitze Muster in den Himmel zeichnen und in Serpentinen ins Meer fallen. Die Wellen bäumen sich auf. Der Regen stürzt vom Himmel. Ein Schauspiel ohne Publikum. Es hämmert und schlägt gegen mein Dach. Alles fällt auf mich.

23

Durch das Visier habe ich den Eingang meiner Festung im Blick. Sobald ich auch nur das kleinste Geräusch höre, drücke ich ab und erschieße alles, was sich bewegt. Vor dem Tor liegen die Leichen der Tiere. Ich sammle sie ein und präpariere sie. Aufgetürmt zu einer Statue sollen sie ein Mahnmal sein: Jeder, der eintritt, wird sein Leben hier lassen. Erst nachts ziehe ich mich in meine Festung zurück und warte, bedacht auf jedes Geräusch. Kein Auge mache ich zu. Ich sehe sie schon auf mich zukommen. Ihre verzerrten Gesichter, die Fackeln, die sie bedrohlich über sich schwenken. Wie lange noch?

24

In der Dunkelheit mache ich mich auf den Weg. Ich kämpfe mich hinauf in den Norden, so weit, bis ich bei ihren Häusern angelangt bin. Da stehen sie, ein Häufchen kleiner Holzhütten. Hier haben sie sich zusammengerottet. Zwischen den Häusern steigt Rauch auf. Ab und an dringt der Schrei eines kleinen Kindes an mein Ohr, höre ich Stimmen und Schritte, höre ich eine leise Melodie. Der Wind fährt stoßweise durch die Wälder. Es ist so friedlich und still.

25

Ein Pfeifen hinter mir. Ich muss schnell sein. Ich nähere mich den Häusern. Die Fenster sind dunkel, die Häuser sind leer. Sie müssen sich in der Mitte des Dorfes versammelt haben. Ihre Schatten sind von Weitem erkennbar. Ich reiße die Fackeln aus dem Boden, zünde eine nach der anderen an, werfe sie durch die Fenster der Häuser. Anfangs sind die Flammen verschwindend klein, fast sieht es aus, als würden sie wieder erlöschen, dann schlängeln sie sich langsam und knisternd über den Holzboden, arbeiten sich zu den Tischen und Stühlen vor, wandern die Wände hinauf. Das Feuer lodert auf, die Flammen züngeln wild durch die Räume. Aus allen Poren der Häuser dringt Rauch. Bald brennt alles lichterloh. Ich laufe, so schnell ich kann. Meine Beine tragen mich durch das Geäst. Ich kann kaum erkennen, was vor mir liegt.

Der Anfang vom Ende

DA WAREN KEINE DÖRFER, keine Stimmen, keine Musik, da war keine Gemeinschaft, da war nichts, wie sie es sich vorgestellt hatte. Die Häuser standen leer und mittendrin nur ein einziges Haus, das bewohnt war, überall wucherten Sträucher und Pflanzen, als würde die Natur es langsam in Besitz nehmen.

Mittendrin saß ein Mann, er trug ein langes weißes Gewand und starrte ins Feuer. Sein Blick hing an den Flammen fest. Tiefe Furchen durchzogen sein Gesicht, aber etwas Weiches lag darin, etwas Schelmenhaftes. Seine Haare schlängelten sich wie Nattern um den Kopf. Sie bemühte sich, leise zu sein, bewegte sich langsam auf ihn zu, die Steine knirschten unter ihren Sohlen. Dann hob er den Kopf und sah sie an. Seine Augen loderten.

Endlich kommst du, sagte er, ich hab auf dich gewartet.

Er deutete auf den Platz neben sich, und sie setzte sich zu ihm. Ein stechender Geruch umfing ihn, in seiner Hand hielt er eine Hibiskusblüte, die sich zusammengerollt hatte und verwelkt war. Sie spürte, wie etwas abfiel von ihr, wie sie sich entspannte – war es das Feuer oder war es sein Blick? Es fühlte sich an, als wäre hier alles im Einklang. Vielleicht war es die Müdigkeit, vielleicht war es die Nähe. Sie spürte die Wärme seines Körpers, betrachtete seine Arme, an denen sich die Sehnen abzeichneten. Sie saßen schweigend nebeneinander, alles, was sie hätte sagen können, kam ihr belanglos vor. Das Holz knisterte im Feuer, und die Sonne ließ ihr letztes Licht am Horizont aufleuchten, dann wurde es allmählich dunkel.

Komm, sagte er und stand auf. Er warf die Blüte ins Feuer und wollte ins Haus gehen, doch sie hielt ihn zurück.

Ich habe etwas für dich, sagte sie und überreichte ihm das Geschenk.

Sie hatte es mit Bananenblättern umwickelt und mit Schnüren zugebunden. Er packte es behutsam aus, und als er begriff, dass ein Stück Fleisch in der Schale lag, wich er kurz zurück. Das Blut tropfte von seinen Fingern, und ein süßlicher Geruch breitete sich aus.

Ich jage viel, sagte sie, und ihr Herz fing an zu pochen, als er näher kam, ihre Hände schwitzten.

Ich hoffe, dass es kein unpassendes Geschenk ist, fügte sie hinzu.

Ich danke dir, sagte er, legte es schnell beiseite und trocknete seine Finger. Dann kam er näher, seine Augen wanderten über ihr Gesicht. Dunkle Abgründe, die sie hineinzogen. Sein Geruch nahm alles ein, er roch wie die Insel, nach feuchter Erde und Jasmin, nach Zimt und Lotus, stechend und süß, ihr wurde schwindlig davon.

Er kam näher, berührte ihren Mund, ein Schauer

lief ihr über den Rücken. Seine kalten Lippen legten sich auf ihre, sie schmeckten salzig wie das Meer. Seine Zunge bahnte sich einen Weg, schmeckte bitter und scharf, begann einen spielerischen Tanz. In ihrem Körper entluden sich Funken, ihre Muskeln zitterten, ihr Herz pochte, als hätte er alles in ihr in Bewegung gesetzt. Seine Zunge glitt an ihrer Haut entlang, er küsste jeden Teil von ihr, sein Atem glühte wie Feuer. Dann legte er sich auf sie und bewegte sich in ihr, das Meer rauschte, es bäumte sich auf und flaute wieder ab. Sie bewegten sich im Rhythmus des Meeres, vor und zurück, auf und ab, ein Zittern auf ihrer Haut, als würden Blätter über ihren Körper streichen, und dieser Geruch, dieser stechend süße Geruch. Sie fühlte sich so leicht, als wäre der Körper ihr abhandengekommen.

Der Nachthimmel breitete sich über ihnen aus, und es war so viel Licht überall, der Mond schien auf ihre verschlungenen Körper und die Sterne funkelten und strahlten so hell wie nie zuvor. Ihr Körper bebte, und sie lachte laut auf, so viel Glück durchströmte sie. Dann stimmte alles in ihr Lachen ein, die Vögel riefen wild durcheinander, und die Zikaden vibrierten, das Meer toste, und die Blätter schüttelten sich, ihre Haut brannte, der Atem auf ihrer Brust und die kalte Erde unter ihr, vereinzelte Tropfen, die von den Blättern auf sie herabfielen, immer mehr wurden, bis sich schließlich ein Regenschwall über sie ergoss.

Es wurde kalt und immer kälter, die Wärme seines Körpers plötzlich verschwunden, er war doch gerade noch da gewesen. Jetzt waren da nur noch die Nacht und die Leere, die kalte Erde unter ihr. Ein Schmerz durchfuhr sie, lähmte jeden Teil ihres Körpers, aber sie konnte keine Wunden erkennen, sie war immer noch ganz. Die Blätter hatten zu rauschen aufgehört, und es war still geworden, so unheimlich still. Die Sterne verschwanden vom Himmel, und eine Dunkelheit breitete sich aus, zog sie tief und immer tiefer in sich hinein.

◆ ◆ ◆

Dieses Trommeln. Es war leise zu ihr gedrungen, dann hatte es sich wieder entfernt, sie hatte nicht ausmachen können, woher es kam. Dazwischen war sie ins Meer gesunken, tief in den Abgrund, alles war dunkel und immer dunkler geworden, zuerst war das Licht von oben noch ganz schwach zu ihr durchgedrungen, dann war alles schwarz geworden. Jetzt war es wieder da, dieses Trommeln, langsame, dumpfe Schläge.

Das Tageslicht fiel in den Raum, an der Decke saß ein Gecko und bewegte sich nicht, seine Haut weiß und transparent. Sie blinzelte, das Licht stach in ihren Augen, sie war nackt und lag auf dem Boden, ein Fell unter ihr. Auf einem Stuhl fand sie Kleidung für sich bereit. Sie stand auf, zog sich an und öffnete die Tür. Unter einem großen Tamarindenbaum stand dieser Mann und lächelte sie an. Die Haare schlangen sich wie Nattern um seinen Hals, eine riesige Trommel hing an einem Ast. Er schlug bedächtig darauf ein und neigte den Kopf, als er sie sah.

Wie lange hab ich geschlafen?, fragte sie.

Zeit spielt keine Rolle, sagte er, das ist nur in deinem Kopf.

Komm näher, rief er.

Sie ging auf ihn zu, er trommelte weiter, schlug sogar fester und schneller, im Rhythmus ihrer Schritte. Er lächelte, aber sein Blick war seltsam entrückt, dann hörte er auf zu schlagen, legte einen Finger auf den Mund.

Hörst du es?

Sie hielt inne und horchte angestrengt. Ein paar Vögel konnte sie ausmachen, das leise Zirpen der Grillen, oder waren es Geckos?

Nein, sagte sie, was soll ich denn hören?

Er schüttelte langsam den Kopf.

Du bist taub, sagte er, und blind. Du musst noch vieles lernen.

Dann wandte er sich von ihr ab und ging zurück ins Haus.

Sie folgte ihm, nahm ihre Sachen und blieb hinter ihm stehen. Er bereitete Essen zu, schnitt Lotuswurzeln, zerrieb Kräuter zwischen seinen Fingern.

Ich gehe, sagte sie.

Wohin?, fragte er, drehte sich aber nicht zu ihr um.

Nach Hause, sagte sie.

Du bist doch schon zu Hause, sagte er, hilf mir mit dem Essen.

Sie blieb stehen, starrte auf seinen Rücken. Dieser Geruch stieg wieder in ihre Nase, er roch nach feuchter Erde, nach Staub, nach Jasmin und Zimt. Sie verstand nicht, sie verstand nichts mehr. Auf dem Dach begann ein leises Klopfen, von draußen kam ein Rauschen, das immer stärker wurde, Tropfen schlugen in die Erde, in wenigen Sekunden brach der Regen über sie herein, ein ohrenbetäubendes Rauschen.

Die Tage kamen und gingen, zogen so schnell vorbei, sie konnte sie nicht mehr voneinander unterscheiden. Ihre Tagesabläufe fügten sich nahtlos ineinander, als wäre sie schon immer hier gewesen. Sie sah, was es zu tun gab, ging in den Wald, fällte Bäume, brachte Holz. Ein einziges Mal hatte sie nach den anderen Häusern gefragt, wer darin gewohnt hatte und warum nur er zurückgeblieben war. Das machte doch alles keinen Sinn. Aber sie hatte, wie so oft, keine Antwort darauf bekommen. Du wirst es erfahren, hatte er gesagt und sich umgedreht, wie er es immer tat, hatte sich anderen Dingen gewidmet.

Sie sprachen wenig. Er war ruhig und bedacht, in allem, was er tat. Oft genügte nur ein Blick, und sie verstand. Sie verließ den Raum, wenn er allein sein wollte. Schwieg, wenn er Ruhe suchte. Legte sich schlafen, wenn es Zeit war. Manchmal suchten sie nachts die Nähe zueinander, schliefen eng umschlungen ein, und morgens wachte sie auf, mit dem Geruch der Insel. Meist schliefen sie aber allein, jeder für sich, er wollte seine Ruhe haben.

Für Nähe ist nicht immer Platz, sagte er.

Die Tage unterschieden sich kaum von jenen, als sie noch allein gelebt hatte, aber sie lernten voneinander, jeder hatte eine andere Arbeitsweise. Sie bauten Reis an, fertigten Werkzeuge aus dem Holz, das sie aus dem Wald brachte. Sie reparierte Dinge im Haus, besserte nach den Unwettern das Dach aus. Er brachte Fisch und Fleisch, zeigte ihr, wie man den Tieren die Haut abzog, die Schuppen der Fische entfernte. Sie ernteten das Gemüse im Garten, schnitten die Pflanzen zurecht, sammelten Kräuter und Früchte im Wald. Abends machten sie Feuer, um das Fleisch zu garen. Sie beobachtete die Rauchschwaden, die zum Himmel stiegen, und starrte ins Feuer, lauschte dem Knistern der Glut, während er neben ihr saß, ruhig und ganz im Reinen mit sich selbst. Worte waren überflüssig geworden.

Diese tiefe Ruhe, die von ihm ausging, nahm auch sie bald in Besitz, und sie beobachtete eine allmähliche Veränderung an sich. Sie sah die Welt mit neuen Augen, sprach mit veränderter Stimme, atmete eine neue Luft und fiel in andere Träume. Sie übernahm seine Art zu sprechen, zu gehen, zu denken, wurde zu seinem Spiegelbild. Die Vergangenheit lag so weit zurück. Die Erinnerung verblasste. Sie sah Schatten auf sich zukommen, tanzende Kinder, sie sah das Feuer, dann nur mehr den Rauch. Die Bilder überlagerten sich. Die Zeit hatte sich aufgelöst. Langsam verstand sie, was er gemeint hatte. Sie konnte sich kaum an ihre Ankunft erinnern, wie lange sie schon hier war, wie viele Tage oder Wochen vergangen waren. Sie dachte nicht an die Zukunft. Die Zeit spielte wirklich keine Rolle mehr.

Nur eine Sache beschäftigte sie. Seit dem Morgen ihrer Ankunft war die Trommel verschwunden und nicht wieder aufgetaucht.

Allmählich begann er sich zu verändern. Es passierte schleichend, jeden Tag zeigte er eine neue Eigenart. Nachts wurde es unruhig im Haus. Sie hörte, wie er aufstand, das Knarren des Holzbodens unter seinen Schritten, das Ächzen der Türen. Er ging auf und ab. Oft wanderte er stundenlang umher, horchte nach draußen und wartete. Aber worauf? Sie schreckte aus dem Schlaf, wenn er gegen die Türen und auf das Dach schlug, aber schnell verwoben sich die Geräusche wieder mit ihren Träumen. Sie wusste bald nicht mehr, was sie geträumt hatte und was wirklich passiert war.

Dann kamen die Tage, an denen er seltsam entrückt war. Er sprach noch weniger, saß reglos in seinem Stuhl oder lag auf dem Boden, mit geschlossenen Augen. Er hörte nicht, was sie sagte, aß nichts, war den ganzen Tag wortkarg und ernst.

Sie hielt sich an ihren Tagesablauf, war tagsüber im

Wald und kehrte abends mit Nahrung zurück. Sie machte Feuer, legte sich ins Bett und wartete auf einen neuen Tag, wartete darauf, dass diese Stimmungen wieder verflogen, der Ernst aus seinem Gesicht verschwand und seine Züge wieder weicher wurden. Sobald sich ein Lächeln auf seinen Lippen zeigte, vergaß sie schnell, wie fremd er ihr sein konnte.

Eines Tages war er verschwunden. Er musste in der Nacht aufgebrochen sein, sie hatte es nicht bemerkt. Es vergingen Stunden, Tage und Nächte, aber er kehrte nicht wieder zurück. Keine Spur war von ihm geblieben. Sie verrichtete alle Arbeiten im Haus, ging morgens in den Wald, kehrte das Laub aus dem Garten, den Staub aus dem Haus. Sie schabte die Schuppen von den Fischen, kochte Lotuswurzeln und dachte dabei an ihn, wie er einen Bissen nach dem anderen im Mund verschwinden ließ. Sie starrte auf den Teller, als wäre dort etwas von ihm zurückgeblieben. Nachts saß sie lange am Feuer und wartete auf ihn. Bei jedem Geräusch schreckte sie hoch, begann ihr Herz zu klopfen, doch nie war er es, der durch den Wald kam, meistens war es nur ein Tier oder der Wind.

Ihre Stimmungen wechselten wie die Wolkenformationen am Himmel. An einem Tag machte sie sich Sorgen, stellte sich vor, wie seine Leiche irgendwo im Dreck lag und langsam verweste. An einem anderen Tag war sie wütend darüber, dass er einfach gegangen war, dass er sie einfach zurückgelassen hatte. Sobald sie müde und erschöpft ins Bett fiel, wanderte sie von einem Traum zum nächsten. Mal spürte sie seine Hand, die sie zu sich zog, dann sah sie, wie er von der Erde verschluckt wurde, wie er tanzte, weit draußen sprang er von einer Welle zur nächsten und sang ein Lied, dessen Melodie sie schon vergessen hatte, als sie erwachte. Manchmal blickte er sie aus finsteren Augen an und hinterließ einen stechenden Schmerz in ihrer Brust, der tagelang nicht verging.

Die Ungewissheit war am schlimmsten. Sie suchte nach ihm, ging durch die Wälder, rief seinen Namen, aber es war keine Spur von ihm zu finden, kein Abdruck in der Erde, nichts. Sie durchsuchte das Haus, öffnete die Schränke, suchte nach Dingen, die ihm gehörten. Sie ging in die verlassenen Häuser, doch selbst die waren leer. Nichts war dort zu finden, nur Staub und Dreck. Er hatte nichts zurückgelassen, alles mitgenommen oder nie etwas besessen. Kein einziges Kleidungsstück, kein Gegenstand, nur die Werkzeuge, die sie gemeinsam angefertigt hatten, waren geblieben, als hätte es vor ihr nichts dort gegeben. Sosehr sie auch suchte, sie fand nur ihre eigenen Spuren in der Erde, ihre Fingerabdrücke auf dem Holz, Kleidung, die ihr gehörte, Reste ihrer Haare und Hautfetzen. Und die Erinnerung, doch selbst die zerbrach Tag für Tag mehr, löste sich allmählich auf. Sein Gesicht verblasste, seine Stimme wurde dumpf. Sie erinnerte sich noch an den Geruch des Feuers, das Knistern der Äste, den Geschmack der Lotuswurzeln, den Jasminduft im Garten. An das Rauschen des Meeres in der Nacht. Aber an seine Stimme erinnerte sie sich nicht. Sie konnte nicht mehr sagen, wie sich sein Lachen angehört hatte, er hatte doch manchmal gelacht, oder nicht?

Die Erinnerung spielt ein seltsames Spiel. Manchmal kam es ihr vor, als wäre alles nur eine ferne Geschichte, die ihr jemand erzählt hatte, als versuchte sie immer noch, sich zu erinnern, an alle Details, obwohl die Erinnerung schon längst zerfallen war, ausgedünnt und zerstoben. Dann, schlagartig, war sie doch wieder da. Ausgelöst durch einen Geruch, ein Geräusch, eine Melodie, tauchte sein Gesicht vor ihr auf. Sie wusste, dass er es war, konnte aber trotzdem nichts erkennen, als hätten sich die Erinnerungen so lange überlagert, bis das Eigentliche nicht mehr auszumachen war.

Hörte sie das leise Trommeln der Regentropfen, fiel sie wieder in die Dunkelheit, und der Geruch des Waldes fing sie ein, stechend süß, dann fügten sich Stimmen ein, spürte sie Hände auf ihrem Körper, hörte sie, wie das Trommeln lauter wurde, immer lauter. Jedes Mal, wenn die Erinnerung zurückkam, wurde ihr schwindlig, war wieder ein schmerzendes Pochen in ihrem Kopf, und jedes Mal, sobald die Bilder sich wieder verflüchtigten, blieb eine Leere zurück, als wäre sie sich selbst abhandengekommen.

Nachts war es unheimlich, inmitten all dieser Verlassenheit. Wenn sie am Feuer saß, kam es ihr so vor, als wäre jemand hier, als würde in den Häusern jemand sitzen, als würde jemand darin wohnen, sie beobachten. Manchmal meinte sie Stimmen zu hören, das Knarren einer Tür, oder eine Bewegung wahrzunehmen, einen Schatten. Aber es bewegte sich nichts als ihr eigener Schatten, es war nichts zu hören als ihre eigene Stimme, die Häuser blieben dunkel und leer.

Eines Tages fand sie eine Tür im Boden, versteckt unter dem Fell eines Rehs, leuchtend braun und mit hellen Punkten. Sie zog die Tür auf, eine Treppe führte hinunter in einen dunklen Keller. Sie stieg hinab, es roch feucht und modrig. Lange, verwinkelte Gänge führten zu kleinen Kammern. Sie öffnete eine der Türen. Mit einem lauten Ächzen ging sie auf. Und da war sie plötzlich: Die Trommel, die er am ersten Morgen an einen Ast gehängt hatte. Sie war staubig, eine Spinne kroch schnell davon, als sie die Trommel anhob. Die Spinne lief mitten durch den Raum und blieb schlagartig stehen, drehte sich auf den Rücken, zog die Beine zusammen und starb, als hätte sie schon die ganze Zeit auf den Tod gewartet. Die Trommel war größer, als sie in Erinnerung gehabt hatte, und es war einigermaßen beschwerlich, sie über die Treppen und durch die Tür nach oben zu bringen.

Sie ging nach draußen, stellte sie unter die Tamarinde, die im Garten wuchs und schon so groß wie das

Haus war. Sie hängte die Trommel an einen Ast und schlug heftig darauf ein, wieder und wieder. Der Rhythmus kam wie von selbst aus ihr hervor. Die Schläge pulsierten schmerzhaft im Ohr, endlich fühlte sie wieder etwas, endlich spürte sie den Schmerz, spürte sie die Wut, die Verzweiflung, spürte sie die Luft in ihren Lungen, den Wind auf ihrer Haut, spürte sie den harten Schlag ihres Herzens. Sie schloss die Augen, das Trommeln hämmerte durch ihren Körper, und die Blätter begannen zu rauschen, sie hörte das Dröhnen der Wellen von weit her, das Pfeifen und Singen der Vögel, alles wurde eins.

Plötzlich bemerkte sie ein Scharren im Kies. Seine Schritte, sie erkannte sie sofort. Seine Gestalt kam langsam auf sie zu. Keine Schuhe an den Füßen, der Blick müde, die Kleidung nass und zerrissen. Er kam auf sie zu und sie spürte, wie sich ein Lächeln auf ihr Gesicht legte, wie ihre Haut zu brennen begann. Ihr Herz schlug im Rhythmus der Trommel, und sie schlug so laut sie konnte, er hatte sie doch nicht zurückgelassen. Er war endlich zurück.

Aber als er näher kam, war da kein Lächeln, sein Gesicht war versteinert. Er ging an ihr vorbei, kein Wort, kein Blick. Er verschwand einfach im Haus.

Etwas war zerbrochen. Was sie vorher geteilt hatten, trennte sie jetzt. Betrat sie einen Raum, verließ er ihn. Ging sie in den Garten, flüchtete er wieder ins Haus.

Kam sie aus dem Wald zurück, hatte er schon gegessen, das Feuer gelöscht, lag er schon im Bett und starrte schweigend an die Decke. Sie hätte nicht gedacht, dass die Anwesenheit eines Menschen so einsam machen könnte, dass ein Haus so leer und so still werden könnte. Er war zurückgekehrt, aber sie hatte ihn trotzdem verloren. Mit jedem Tag wurde es stiller, wurde es enger im Haus, rückte die Dunkelheit näher. Sein Blick hatte sich verfinstert. Sie konnte ihn kaum ansehen, so voller Hass und Abscheu war er nun. Alles an ihm hatte sich verändert. Jede kleine Bewegung offenbarte seinen Hass. Wie er mit den Füßen auf die Erde trat. Wie er die Axt in die Hand nahm. Wie er das Holz ins Feuer warf. Jedes Mal hatte sie das Gefühl, als würde er auf sie eintreten, auf sie einschlagen wollen.

Also begann sie ihn zu meiden, flüchtete in den Wald, kam erst spätabends nach Hause. Nachts brachte sie kein Auge zu. Bei jedem Geräusch dachte sie, er würde plötzlich vor ihr stehen, sie ersticken, erstechen, feige, im Schlaf. Selbst im Wald spürte sie diese Unruhe. Wenn die Schläge der Axt alle Geräusche geschluckt hatten, drehte sie sich um. Stand er schon hinter ihr, war er unbemerkt durch die Wälder geschlichen? Aber hinter ihr war nichts, es waren auch keine Schritte zu hören, es war so still, als hätte er mit seiner Rückkehr alles vertrieben, was hier gelebt hatte. Wenn sie abends zurückkam, saß er manchmal vor dem Haus und starrte sie an. Anfangs hatte sie noch versucht, mit ihm zu reden, ihm Fragen zu stellen, sie hatte kleine Scherze gemacht, hatte ihn angelacht, wie damals, als sie alles geteilt hatten, auch ihren Humor, vergebens. Also setzte sie sich ihm gegenüber und starrte zurück, sah ihm geradewegs in seine finsteren Augen.

Sie aß nichts mehr. Sie schlief nicht mehr. Sie schöpfte kaum Atem. Nur die Angst hielt sie am Leben. Sie lief wie irr durch die Wälder, schlug auf die Bäume ein, hackte die Äste ab, um nachts erschöpft ins Bett zu fallen, ein Messer in der Hand, schlaflos, bereit, sofort zurückzuschlagen. So vergingen die Tage oder Wochen oder Monate. Ihr Gesicht wurde alt und grau, Furchen überzogen ihre Hände. Ihre Haltung war gebückt, und ein Schmerz zog über den Rücken hinunter ins Bein. Überall glaubte sie Schritte zu hören, überall sah sie seinen Schatten hervorspringen, sah sie seine Hand auf sich zukommen, wenn sie schlief.

Eines Tages hing die Trommel zertrümmert an einem Ast der Tamarinde. Als sie sich nach ihr ausstreckte, um sie herunterzunehmen, hörte sie Schritte hinter sich. Noch ehe sie sich umdrehen konnte, packte er zu, legte er seine Hände um ihren Hals, bohrten sich seine Nägel tief in ihre Haut, würgte er sie mit all seiner Kraft. Sie griff nach seinem Arm, warf sich gegen ihn, warf ihn zu Boden. Sie legte sich auf ihn, versuchte ihn festzuhalten. Erst jetzt konnte sie erkennen, dass jeder Gesichtszug, den sie an ihm gemocht hatte, verschwunden war. Dass seine Haut gealtert war und seine Augen sich verdunkelt hatten. Sie drückte ihr ganzes Gewicht auf ihn. Er schloss die Augen, und sein Gesicht zuckte. In den Bäumen begann es zu rauschen. Die Krähen stoben auf und flogen über ihnen davon. Er bewegte sich unter ihr, sie wälzten sich in der Erde, schlugen und traten sich. Einmal lag er auf ihr, dann kämpfte sie sich nach oben. Bis sie ein leises Sirren hörte, wie das einer Klinge, und der Schmerz sie zusammenzucken ließ. Er hatte in ihr Bein gestochen und zielte nun auf ihren Hals, sie konnte seine Hand nur mit aller Kraft zurückhalten. Nur wenige Zentimeter trennten sie vom Tod. Sie spürte, wie das Blut an ihrem Bein entlanglief. Sie sah nicht in seine Augen, starrte zum Himmel. Ein Vogelschwarm hatte einen Kreis gebildet, kam immer weiter auf sie zu. Sie dachte an die vielen Stunden, die sie im Wald verbracht hatte, an die vielen Bäume, die sie gefällt hatte, wie hart das Eisenholz war und wie viel Wut in ihr saß und wie schwach er doch war im Vergleich. Sie befreite ihre Hände und schlug ihm mit der Faust ins Gesicht. Sie riss ihm das Messer aus der Hand, alles ging so schnell, sie stach genau zwischen seine Augen, tief in seinen Kopf. Er zuckte kurz, das Gesicht verzog sich, verzerrte sich, dann erschlaffte es. Nur seine Augen blieben weit geöffnet und starrten sie an. Sie stand auf, ließ ihn liegen und schleppte sich zurück in das Haus.

Am nächsten Morgen flutete das Licht den Raum, so hell wie schon lange nicht mehr. Sie ging nach draußen. Sein Körper lag noch immer an derselben Stelle, nur die Augen fehlten. Schwarze Löcher starrten sie jetzt an. Er war tot und starrte noch immer, es hörte einfach nicht auf. Sie legte sich neben ihn, sein Körper war noch warm, als würde er schlafen. Sie blickte zum Himmel, die Wolken hingen schwer über ihr. Eine Krähe kam im Sturzflug auf sie zu, und erst als sie ihre Hände zur Abwehr ausstreckte und die Krähe bemerkte, dass sie noch lebte, drehte sie ab und flog an ihr vorbei.

Sie verbrannte die Trommel, ächzend fiel sie in sich zusammen. Das Feuer loderte auf, das Holz knisterte, und Funken flogen durch die Luft. Sie hackte seine Beine ab, seine Arme, warf seinen Körper, Stück für Stück, hinein. Dann wartete sie, bis die Flammen sich über ihn legten, sein Haar verschlangen, sein Gesicht sich bis zur Unkenntlichkeit verzerrte. Bis nichts mehr von ihm blieb. Die letzten Reste, Knochen und Zähne, lagen in der Asche, kaum zu unterscheiden von der Kohle des Vortags.

Als die letzte Glut erloschen war, ging sie zurück ins Haus, verriegelte die Tür und fiel in einen tiefen Schlaf. Sie träumte davon, wie sie einen Baum nach oben kletterte, es war Nacht, die Sterne leuchteten hell am Himmel. Sie stieg höher hinauf, immer weiter, und als sie die Baumkrone erreichte, sprang sie auf den nächsten Ast, und immer weiter, ein Rauschen unter ihr, ein Krachen und Knacken, als würde alles unter ihr zusammenstürzen. Sie rief seinen Namen, und der Wind stimmte mit ein. Die Blätter rauschten, die Vögel fingen an zu singen, in den hellsten Tönen, die sie je gehört hatte. Es war, als würden alle seinen Namen rufen. Selten hatte sie sich so eins mit der Welt gefühlt. Dann hörte sie seine Stimme. Sie kam von oben, doch ihn konnte sie nicht erkennen.

Komm näher, sagte er.

Sie folgte seiner Stimme, stieg noch weiter hinauf. Da sah sie ihn. Er saß auf der Sichel des Mondes und lächelte sie an. Es war dieses Lächeln vom ersten Tag.

Wie lange bist du schon dort oben?, fragte sie.

Er sah sie an, aber sagte nichts, dann drehte er sich um, sein Rücken war voller Blut.

Komm näher, rief er, so komm doch. Er lachte jetzt, wie ein Kind, so ausgelassen und ehrlich.

Kannst du es jetzt hören?, rief er.

Und sie versuchte es wieder, versuchte es zu hören, aber da war nur ein Rauschen, sonst war da nichts.

Was denn, rief sie, was soll ich denn hören?

Den Anfang, lachte er, den Anfang.

Dann sprang er und verschwand in der Dunkelheit.

Sie wachte auf, schweißgebadet. Sie horchte nach draußen, ein Knacken im Wald, ein Keuchen, ein Schnaufen, dann schlief sie wieder ein.

Als sie am nächsten Morgen nach draußen ging, waren seine Knochen verschwunden.

Stille

1

Ob sie kommen werden? Die letzten Rauchschwaden im Norden lösen sich allmählich auf, verschwinden in den Wolken, die schwer und dunkel über mir hängen, eine undurchdringliche Decke, die jeden Tag näher kommt. Ich wache seit Tagen und warte. Ich spitze meine Ohren. Schleiche durch die Festung. Manchmal knarrt und pfeift und faucht es. Dann höre ich Schritte, ein Knacken. Aber immer ist es nur meine Festung, die mich täuscht. Das Holz, das unter meinen Schritten knarrt. Der Wind, der durch die Ritzen pfeift. Türen, die zufallen. Draußen ist nichts. Nichts, das auf mich zukommt. Nichts, das mich angreift. Fast könnte man von Frieden sprechen. Wäre da nicht diese Insel, die sich langsam selbst verschluckt. Wäre da nicht das Meer, das sich die Sonne einverleibt. Der Mond, der langsam vom Himmel rutscht. Die Sterne, die schon lange im Meer versunken sind. Wäre da nicht diese Stille. Dieses Nichts. Diese unerträgliche Weite.

2

Ich drücke den Abzug. Dieses Mal schieße ich nicht ins Leere. Die Kugel löst sich schneller, als ich absehen kann, und trifft genau in den Kopf. Der Körper fällt in sich zusammen. Seine Augen sind weit geöffnet, seine Beine verrenkt. Und das Blut, ein kleines Rinnsal, das sich langsam über die Schädeldecke ausbreitet. Seine Zähne blitzen weiß. Ich lasse ihn liegen, bringe mich wieder in Stellung. Ich halte das Gewehr gegen meine Schulter. Der Schaft wärmt mein Gesicht. Ich drücke den Abzug und ziele auf das Herz. Auf den Kopf. Ich ziele genau und sehe jedem einzelnen Körper dabei zu, wie er in sich zusammenfällt. Erst als es dämmert und ich das Gewehr nicht mehr halten kann, sammle ich sie ein, die kleinen Körper der Languren und Mungos, und bringe sie zum Trocknen in die Kammer. Ihr Blut tropft auf den Boden und sammelt sich zu einer roten Lache, die immer größer wird. Ich verschließe die Tür, doch sie dringt unter dem Türspalt hervor, kommt auf mich zu. Der metallische Geschmack von Blut auf meiner Zunge, der Geruch von Fäulnis überall. Meine Kleidung hängt nur noch in Fetzen an meinem Körper, die Hosen zerrissen, voller Löcher und Schmutz. Ich ziehe mich aus, werfe alles ins Feuer. Ich bade meine Hände im Blut, bemale meine Stirn mit den Zeichen des Krieges, ich schmiere meinen Körper mit Asche ein, bis ich in der Dunkelheit glänze.

3

Ich verschränke die Arme unter dem Bauch und setze die Messerklinge an. Ich schneide um jedes Bein einen Ring und von dort eine gerade Linie über das Bein, hinauf bis zum Rücken. Das Blut tropft auf den Tisch. Ich fasse mit meinen Händen unter das Fell und ziehe es vom Fleisch, es geht ganz leicht. Ein sehniger Körper kommt zum Vorschein. Über den Hinterkopf ziehe ich die Haut vom Gesicht, drehe den Körper nicht um. Diesen Anblick, wenn seine Fratze die Form verliert, erspare ich mir. Meine Hände sind voller Haare und Blut. Ich erschrecke beim Anblick meines Spiegelbildes im Wasser. Mein Gesicht hat sich verändert.

4

Die Krähen fliegen hoch, wenn das Gewitter naht, sie ziehen schwarze Kreise. Eine leuchtende Linie schneidet den Himmel entzwei. Der Donner dröhnt über die Insel. Der Wind verändert das Antlitz des Waldes, wirft die Bäume um, reißt die Äste aus. Von der Ferne ist ein leises Rauschen zu hören, die sanften Wellen des Meeres, und draußen der Gesang der Vögel, die hektisch zwischen den Stämmen hin und her fliegen, auf der Suche nach Nahrung. Die Tiere haben sich in ihren Höhlen versteckt. Überall laufen die kleinen Echsen von

Versteck zu Versteck, auch sie sind nicht mehr sicher in ihren Erdlöchern. Sie sagen, es sind die Geister, die mit ihren Fackeln den Himmel entzweien, um die Welt daran zu erinnern, dass wir nur vorläufig sind, dass jederzeit alles über uns zerbrechen könnte. Die letzten Reste der Blätter und Pflanzen liegen nur noch als schwarzer Schlamm im Gestrüpp. Früher konnte ich Stimmen hören, wenn der Wind aus dem Norden kam, und leise Rhythmen. Es klang irgendwie fröhlich. Jetzt ist es still geworden.

5

Ich erinnere mich. So viele Bilder, die über mich hereinbrechen. Ich erinnere mich, aber ich weiß nicht, ob ich mich richtig erinnere. Hat es das wirklich alles gegeben? Die Vergangenheit ist so fern, dass sie mir unwirklich erscheint, wie eine Geschichte, die mir mal erzählt wurde, ein Traum, der sich in der Nacht gesponnen und am Morgen wieder verflüchtigt hat. Wie kann es all diese Farben gegeben haben, diese Gerüche, all diese Schönheit, versteckt noch im allerkleinsten Detail, im Muster eines Schmetterlingsflügels, in den schillernden Mosaikaugen einer Fliege, im Glanz des Wassers, im Rauschen des Regens, im Staubkorn einer Blüte. Hat das jemals existiert?

6

Nachts reißt mich die Angst aus dem Bett. Sie kriecht in meinen Körper, lässt meine Glieder beben, meinen Atem stocken, sie umklammert mein Herz. Der Schweiß tropft von meiner Stirn, mein ganzes Bett ist nass und kalt. Manchmal ist es so schlimm, dass ich nicht mehr aufstehen kann und ins Bett mache. Die Träume lassen mich nicht los und verweben sich mit der Nacht, sie hängen über mir, wenn ich wach im Bett liege, und nehmen mich sofort in Besitz, sobald ich die Augen schließe.

7

Die Tage werden immer kürzer. Sie zerrinnen wie Sand zwischen den Fingern. Die Sonne wandert so schnell über den Himmel, als wäre sie auf der Flucht. Ein roter Ball, der sich weiß färbt und immer heller wird, dann wieder orange, rot und magenta am Horizont aufleuchtet, bis die Dunkelheit alles in sich aufsaugt. Dann ist nichts mehr zu erkennen. Nicht mal die Augen der Tiere reflektieren das Mondlicht.

8

Ich hacke mit der Axt in den Stamm. Mit jedem Schlag gibt das Holz etwas nach, wird die Wunde tiefer, fast bricht er schon. Hinter mir höre ich ein Knacken, als würde jemand durch den Wald gehen, aber sobald ich innehalte, ist nichts mehr zu hören. Mit aller Kraft schlage ich die Axt in den Stamm. Ich muss endlich von hier verschwinden. Plötzlich höre ich eine Stimme, ein heller, klirrender Ton. Sie erschreckt mich so sehr, dass die Axt auf mein Bein fällt. Zuerst spüre ich nichts, doch dann pulsiert ein stechender Schmerz durch mein Bein. Das Blut schießt in Schüben aus der Wunde. Ich versuche, zurück in meine Festung zu gehen, meine Hände, meine Beine sind voller Blut. Die Wunde beginnt zu pochen, die Luft ist auf einmal so dünn. Ich versuche, zu atmen, gleichmäßig ein- und auszuatmen, ich kann mich nicht mehr halten.

9

Der Schmerz trübt die Sicht, macht mich taub, ein metallischer Geschmack im Mund. Ich kämpfe mich zurück in die Festung, schlafe stunden-, vielleicht tagelang, versäume den Tagesbeginn und die Dämmerung. Die Wunde schwillt weiter an, wird dunkelrot und blau. Schweiß perlt auf meiner glühenden Stirn. Ich kann die

Wunde kaum ansehen. Ist das jetzt das Ende? Ich richte mich auf, hole ein Messer und schneide in die Wunde, bis das Blut und der Eiter abfließen. Ein unerträglicher Gestank steigt in meine Nase. Ich übergebe mich, dann schlafe ich ein. Als ich erwache, ist das Fieber gesunken, ist die Wunde abgeschwollen, kann ich das Bein wieder bewegen.

10

Die Sonne bricht durch die Wolken, ein langer Strahl, der die Insel erleuchtet, sich ausweitet, vervielfältigt. Die Strahlen tanzen, verschwinden, verändern ihre Ausrichtung. Ein Vogel schlägt seine Flügel mit aller Kraft. Verlässt er die Insel oder wo fliegt er hin? Das gleißende Licht verschwindet hinter der Wolkendecke, wirft einen Schatten über die Insel, dann kommt es wieder zurück. Ein Spiel, das ich stundenlang beobachte, ein Wechselspiel aus Licht und Schatten. Die Wolken fransen aus, brechen auseinander wie Eisschollen im Meer. Das Licht brennt auf der Haut, aber sobald es verschwindet, läuft mir ein Schauer über den Rücken, wird es unheimlich dunkel und kalt.

11

Einmal, es ist lange her, ging ich nachts am Ufer entlang und setzte mich in den Sand. Der Sternenhimmel breitete sich über mir aus und der Mond, eine unheimliche Fratze. Ich hatte das Gefühl, als würde der Himmel immer näher kommen, immer weiter auf mich zu. Die Sterne funkelten in der Dunkelheit, ein eigenartiges Schauspiel, als läge da draußen noch so vieles verborgen. Plötzlich löste sich ein Stern vom Himmel, bewegte sich langsam, hinterließ eine Lichtspur in der Dunkelheit und wurde größer, je näher er kam, bis er schließlich im Meer versank. Ich suchte die Stelle am Himmel, aber ich konnte sie nicht mehr finden, als hätte er nie existiert.

12

In der Dämmerung immer dasselbe Bild: schwarze Körper, die lautlos am Himmel auftauchen, paarweise, einzeln, dann wieder in Scharen. Sie fliegen im Zickzack, in Wellen, manche stürzen sich dazwischen. Dann verschwinden sie, und es kommen neue nach. Es nimmt kein Ende. Der Himmel färbt sich in allen Farbtönen, die Wolken entwirren sich, formen sich neu, lösen sich auf. Stumm verlassen die Vögel die Insel.

13

Die Tiere sind leiser geworden. Sie verstecken sich in den Spalten meiner Mauer. Die Warane graben tiefe Löcher in der Erde. Die Languren drängen sich in die Höhlen. Überall raschelt und knackt es. Ein letzter Versuch, zu entkommen. Der Wind legt sich sanft über die Insel. Ein zartes Rauschen. Stille ist nie ein gutes Zeichen. Stille bedeutet: Da spitzt sich etwas zu, da brodelt etwas im Norden. Die Ruhe vor dem Sturm. Irgendwann werden sie kommen, doch ich werde sie bezwingen. Meine Festung wird standhalten. Wenn sie kommen, bin ich fort. Wenn sie zurückkehren, bin ich dort.

14

Sie sagen, die Götter erscheinen in Gestalt eines Kindes. Sie wandern durch die Wälder, hinterlassen Fußabdrücke in der Erde. Sie lachen, singen und tanzen. Sie sollen so helle Stimmen haben, dass jedes Glas zerspringt, sobald sie ihre Lieder beginnen. Auch wenn sie schon lange verschwunden sind, bleibt ihr Echo zurück. Aber das sind alles Geschichten. Irgendjemand hat sie erzählt, und dann haben sie sich weiterverbreitet, wie ein Lauffeuer.

15

Manchmal ist es, als würde ich Schritte hören, dicht hinter mir, leise Stimmen, ein Flüstern oder ein Keuchen, ein Pfeifen, ein Stampfen, wie kleine Körper, die weglaufen, auf mich zulaufen, wie kleine Füße, die über die Erde scharren. Wie Bögen, die sich spannen, um einen Pfeil abzuschießen. Wie Hände, die sich erheben, um zuzustechen, das leise Sirren einer Klinge im Wind. Kommen sie mit Pfeilen und Bögen, mit Messern und Äxten, mit Gewehren oder Speeren? Werden sie ein Feuer legen oder mich fesseln und lebendig begraben, werden sie mich Stück für Stück zerlegen und den Tieren zum Fraß vorwerfen? Oder werden sie mich aufschneiden, zerteilen und langsam verzehren, als wäre ich Teil ihrer Gemeinschaft, eine Seele, die sie bewahren wollen.

16

Ich gehe durch den Wald, sammle Holz für meine Fallen. Bei jedem meiner Schritte huscht etwas davon, und die Vögel fliegen auf, wenn ich die Äste vom Baum hacke. Plötzlich wieder diese Stimme. Tief und dunkel, eine Melodie, vertraut und zugleich unheimlich fremd. Fast erinnert sie mich an meine eigene Stimme, in diesem Traum, wo ich auf dem Wachturm stehe und die Pfeile sich in meine Haut bohren. Ich folge der Stimme.

Sie ist ganz nah, dann entfernt sie sich wieder. Ich laufe durch das Geäst, stolpere über Zweige und Tierkadaver, bis ich ans Ende des Waldes gelange und das Ufer vor mir liegt. Und dort, mitten im schwarzen Sand, steht dieses Mädchen, die Hände zu einem Kelch geformt und darin eine Hibiskusblüte. Wie seltsam sie leuchtet inmitten all dieser Schwärze. Sie lächelt mir zu. In ihren Zügen liegt etwas Friedliches. Aber als ich mich auf sie zubewege, verschwindet sie, als wäre sie nie hier gewesen.

17

Die Gezeiten verändern sich. Manchmal verschwindet das Meer für Tage, nur eine Salzkruste bleibt zurück. Dann steigt die Flut hoch und höher, die Wellen bäumen sich auf, schlagen tief in den Wald, verwandeln die trockene Erde in schwarzen Sumpf. Die Erde ist voller Kadaver, deren Geruch sich mit der Fäulnis der Pflanzen vermischt. Ein eigenartiger Anblick, dieser Wald, als wäre er nicht von dieser Welt, ein Schattenwald, der sich abgewandt hat vom Leben. Wenn die Flut sich wieder zurückzieht, liegen die zerfetzten Körper der Fische am Ufer, ihre Augen schimmern im Licht der Dämmerung. Sobald ich mich nähere, verschwindet das Licht aus ihren Augen. Ich steige über die Skelette. In ihren Augen zerfällt mein Körper in kleine Teile, breitet sich aus, verteilt sich entlang des Ufers, bis in jedem Augenpaar etwas von mir zu erkennen ist. Fast, als wäre ich selbst diese Insel, die langsam zerfällt, sich allmählich auflöst und wieder im Meer verschwindet, wie der Kadaver eines Fisches, zerfetzt und gebrochen, aber irgendwie leichter.

18

Sie sagen, die Götter sind launisch, sind leicht aus der Fassung zu bringen. Sie nehmen nicht nur die Gestalt eines Kindes an, sondern ähneln ihnen auch in ihrem Verhalten. Sie sind ruhelos und ungeduldig, ständig müssen sie mit Spielen und Geschenken besänftigt werden. Doch es ist nur eine Frage der Zeit, bis sie endgültig die Geduld verlieren und durch nichts mehr beruhigt werden können.

19

Als ich durch den Wald laufe, höre ich ein Trommeln, gleichmäßig, pulsierend, wie ein galoppierendes Pferd. Ich bewege mich leise durch das Gestrüpp, ein Knacken unter meinen Sohlen. Ich folge den Schlägen, das Trommeln wird lauter. Unter einem Baum steht wieder einer von ihnen. Dieses Mal ist es ein anderer. Er ist größer, sein Kopf ist kahl, seine Augen weiße Flächen. Über seinen Rücken spannt sich eine große Trommel, darauf sind die Wälder gemalt, der Himmel, der Mond und die Sterne. Lange Schlägel hängen von seinen Handgelenken. Er ist vollkommen nackt, nur Farben bedecken seinen Körper, und Schriftzeichen. Sie erzählen Geschichten, die ich lang schon vergessen hatte. Eine Krähe sitzt auf seiner Schulter und dreht den Kopf zu mir. Sein Mund steht weit offen, damit die Geister hineinkriechen, damit sie ihn in Besitz nehmen können. Sein Körper schwingt nach links und nach rechts. Mit ausgestreckten Armen schlägt er die Trommel. Langsam, bedächtig. Dann wird er schneller, das Trommeln wird lauter. Immer schneller, als würde er fliehen. Aber wovor? Plötzlich reißt er die Augen weit auf und starrt mich an. Ich stolpere, laufe schnell durch das Geäst. Mein Herz trommelt im Rhythmus der Trommel. Immer lauter klopft es, immer näher kommen die Schläge und ich laufe und laufe, bis sich mir etwas in den Weg stellt.

20

Es hämmert in meinem Kopf, als ich erwache. Ein spitzer Stein unter mir und Blut an meinen Händen. Auf meinem Kopf kleine Palmenhörnchen, die von meinem Blut trinken und an meinem Fleisch nagen. Ich schüttle sie ab, das Trommeln ist nicht mehr zu hören, jetzt ist es nur mehr im Kopf, dieses Hämmern, wie Schläge, wie Eisen auf Stein. Ich schließe mich in meiner Festung ein. Ich schlafe mit einem Gewehr neben dem Kopf und mit einem Messer in der Hand. Die Festung ist das Einzige, woran ich mich halten kann, der einzige Ort, an dem ich mich festhalten kann. Er ist dunkel und kalt.

21

Ich stelle mich vor das Tor meiner Festung. Ich baue einen Turm, aus den abgestorbenen Sträuchern, dem trockenen Laub, den morschen Ästen, und dann werfe ich die Kadaver darauf, die Skelette und Schädel, die überall liegen, ich schichte sie zu einem Turm, der mich überragt. Dann werfe ich die Fackel hinein und sehe zu, wie das Feuer langsam um sich greift, wie es von einem Ast zum nächsten wandert, wie es alles verschlingt. Die Flammen werden größer und höher, und der Wind fährt hinein, zerrt es in alle Richtungen. Eine Wärme kriecht in meinen Körper, die ich schon so lange nicht mehr gespürt habe. Rauch steigt auf, ein weißer Schwall, der sich nach oben bauscht und von überall zu sehen ist. Jetzt können sie endlich kommen, über mich herfallen, mich in Stücke reißen und jeden Teil von mir verschlingen, nicht, um sich meine Seele einzuverleiben, sondern allein um ihren Hunger zu stillen, mit jedem Stück von mir wird er weniger. Aber niemand kommt. Auch dieses Mal nicht. Zu hören ist nur das

Knacken der Glut im Wind. Das Feuer führt einen letzten Tanz auf, schlängelt sich hierhin und dorthin, aber es breitet sich nicht aus, das Holz fällt in sich zusammen, und die Flammen werden kleiner, bis sie schließlich ersticken. Eine Gestalt tanzt im Feuer, aber sie nimmt keine Notiz von mir. Und dann bleiben nur noch die Glut und die Knochen, die letzten Reste der Tiere.

22

Im Traum laufe ich über die schäumende Gischt, über Baumkronen, mir sind keine Grenzen gesetzt. Ich laufe über Berge und Vulkane, springe über Wolkenfelder, immer weiter. Ich bin im Dazwischen, in den Tiefen des Ozeans, verliere mich in der Weite des Horizonts. Meine Beine tasten ins Leere, meine Hände greifen ins Nichts. Es ist, als würde ich fallen, schweben, fliegen, oder alles zugleich. Dann fällt der Himmel auf mich, saugt das Meer mich ein, erstickt mich der Wald. Ich kriege keine Luft. Alles ist dunkel, als ich aufwache. Ich weiß nicht, wo ich bin.

23

Als ich wieder an der Grenze vorbeikomme, bemerke ich, dass sich etwas verändert hat. Die Totenköpfe stehen noch dort und pendeln im Wind. Manche sind auf den

Boden gestürzt. In der Mitte steht jetzt ein Skelett, von Ästen gestützt und zusammengehalten, steht es inmitten der Lichtung wie eine Klage. Die Knochen sind schwarz, angesengt, die Augenhöhlen mit roter Farbe bemalt. Unter dem Baum ist wieder diese Gestalt. Er steht unbeteiligt wie eh und je, auf einem Bein, mit geschlossenen Augen, seine Haare wie Nattern im Wind. Ich verstecke mich hinter einem Baumstamm und werfe kleine Steine nach ihm. Er öffnet die Augen, blickt wütend um sich, aber er kann mich nicht sehen. Ich locke ihn langsam immer weiter Richtung Süden. Und als wir schon fast bei der Festung angelangt sind, nehme ich meinen Bogen in die Hand und ziele auf sein Herz. Wie ein Baum fällt er um und bleibt auf dem Boden liegen. Ich gehe zu ihm. Seine Augen blicken starr ins Leere. Sie sind vollkommen schwarz. Ich schließe seine Lider, greife unter seinen Rücken, der Körper ist noch warm, werfe ihn über meine Schulter, er wiegt nicht besonders schwer, nur seine Knochen bohren sich in meine Haut. Ich trage ihn hinein in meine Festung.

24

Wenn es Nacht wird, steige ich auf meinen Wachturm. Wandere auf und ab. Aus der Nähe nur leise Geräusche, ein zurückhaltendes Raunen, kaum zu hören, kleine Schritte. Sie bewegen sich langsam. Ich starre in die

Dunkelheit. Kein Licht ist mehr zu sehen. Manchmal fühlt es sich an, als würde etwas neben mir stehen. Der Hauch eines Atems, ein wenig Wärme. Aber sobald ich meine Hand ausstrecke, berühre ich nichts als die Nacht. Und dann beginne ich zu singen. Ich erhebe meine Stimme. Sie fliegt weit über den Wald und klingt fast genauso wie dieses Rascheln in meiner Erinnerung, wie Blätter, die sich im Wind wiegen. Als wäre alles noch ganz. Erst als ich innehalte, höre ich es wieder, ein leises Trommeln, das allmählich näher kommt.

Beschwörung des Untergangs

Am Anfang war die Dunkelheit, dann kam das Licht und erleuchtete all die Geschichten, die es zu erzählen gab. Es heißt, jede Geschichte hat einen Anfang und ein Ende, doch das stimmt ja nicht. Keine Geschichte ist endgültig, sie verändert sich mit der Zeit und dem Blick. Am Anfang war die Dunkelheit, und dann war lange nichts. Dann machte eine Geschichte den Anfang, wurde schließlich von einer anderen Geschichte abgelöst, und so ging es weiter, bis es so viele Geschichten gab, dass der Anfang nicht mehr zu erkennen war.

Vielleicht war am Anfang also ein Haus, umgeben von verlassenen Häusern, das Rauschen des Waldes, die Palmen, die leise im Wind wogten, eine Ruhe lag in diesem Bild, als wäre die Zeit stehen geblieben. Da lag ihr schlafender Körper, sie fiel von einem Traum in den nächsten, immer wieder zog die Dunkelheit sie in den Abgrund, immer wieder kämpfte sie sich ins Licht. Alles wiederholte sich, alles begann immer wieder von vorn.

Ein Schlag riss sie aus dem Schlaf, auf dem Dach war ein Poltern zu hören, eine Gruppe Languren. Als sie nach draußen ging, warfen sie Kokosschalen nach ihr. Sie waren zu zehnt oder mehr, sprangen über die Dächer der

Häuser, manche saßen zwischen den Bäumen und kreischten wild. Sie ging in Deckung und machte laute Zischgeräusche, damit sie verschwanden, doch immer wieder landete etwas vor ihren Füßen. Als sie genauer hinsah, schreckte sie zurück. Es waren nicht nur Kokosschalen, die sie warfen. Ein verkohlter Knochen lag da, ein Teil von einem Schädel. Sie blickte zur Feuerstelle. Die Kohle lag noch da, sonst war nichts mehr geblieben. Das hatte sie also nicht geträumt. Sie sah wieder seine Augen vor sich, wie sie weit aufgerissen waren und sie angestarrt hatten, wie das Leben aus ihnen gewichen war, sie spürte noch den Schmerz in ihrem Bein, das Messer in ihren Händen, wie sie es umklammert hatte und wie weich seine Haut gewesen war, wie leicht es in seine Stirn geglitten war, so leicht war es, zu töten. Sie spürte einen Druck auf der Brust, kurz schnürte es ihr die Kehle zu, als würde seine Hand noch immer ihren Hals umklammern, ihr die Luft zum Atmen nehmen.

Sie umkreiste das Haus, nichts bewegte sich, nichts war zu hören. Sie lief von einem Haus zum nächsten, öffnete die Türen, keine Spuren, nichts war zu finden. Diese Leere, sie war kaum zu ertragen, und dazwischen dieses Rauschen, das alles erfüllte. Ihr Herz schlug schnell und immer schneller, das Rauschen wurde lauter, war es der Wald oder war es das Meer? War sie hier ans Ende gekommen oder stand sie erst am Anfang? Sein Geruch war wieder da, drang in all ihre Poren, dieser Geruch nach Erde und Salz, nach Jasmin und Zimt, es war der Geruch der Insel, der sie vollkommen vereinnahmte, der ihr fast den Verstand raubte. Ihr Herz raste, schlug ihr bis zum Hals, ihr wurde heiß und kalt, die Hände brannten, und sie sah das Feuer auflodern, sah wieder seinen Blick, der immer näher kam.

Sie musste weg von hier, sie musste weg von diesem Ort, von diesem stechend süßen Geruch. Sie begann zu laufen, lief so schnell sie konnte, in den Bäumen rauschte und knackte es und kurz warfen die Wolken lange Schatten über sie, ihr Herz schlug immer schneller, fast raste es, bis sie das Ufer erreichte, den kalten Sand unter ihren Füßen spürte. Sie ging geradewegs auf das Meer zu. Die Wellen kitzelten ihre Füße, und das Rauschen wurde lauter. Die Wellen schlugen gegen ihren Körper, das Wasser war kalt, die Gischt schäumte und zischte, das Wasser umschloss sie, riss sie mit sich, bis da nur mehr diese Stille war und sie in einen tiefen Abgrund sank.

Sie schwamm ans Ufer zurück und blieb im Sand liegen, das Rauschen nahm wieder ab. Über ihr zogen Wolken hinweg, wie zarte Nebelschwaden, und ein Vogelschwarm, der über den Himmel tanzte. Ihr Atem wurde flacher, ihr Herz wurde ruhig. Sie richtete sich auf. Ihre Kleidung war zerrissen, sie hatte sich das Bein angeschlagen, aber die Wunde war sauber, der Dreck und das Blut fortgespült. Sie spürte den Sand unter ihren Füßen, kalt, aber vertraut. Muscheln schnitten ihr in die Haut. Ein dichter Wald säumte das Ufer, Bäume und Sträucher wucherten überall. Sie setzte sich auf einen der Felsen, kleine schwarze Muscheln klebten daran. Krebse liefen darüber, kamen auf sie zu, drehten wieder um. Unter ihr rauschte das Wasser, bäumte sich theatralisch auf, schlug sich in wütenden Wellen ans Land. Das Meer lag vor ihr, so weit, kein Ende in Sicht.

Dann ging sie wieder zurück, bewegte sich durch den Wald. Der Geruch von verbranntem Holz lag in der Luft. Im Norden stand eine Rauchsäule am Himmel. Sie schlich durch das Geäst, bewegte sich leise an den Palmen vorbei, schlug die Äste ab, die ihr im Weg standen, ging immer tiefer in den Wald hinein. Sie trank aus einem Fluss, das kalte Wasser rann wohltuend ihre Kehle hinab, sammelte Früchte von den Bäumen. Langsam kam sie wieder zu Kräften. Niemand begegnete ihr, nichts war zu hören, auch die Tiere hielten sich versteckt. Ein paar Vögel konnte sie ausmachen, ein paar Palmenhörnchen liefen über die Äste. Dann, als der Brandgeruch immer stärker wurde, konnte sie Stimmen hören, Gelächter, ein leises Pfeifen. Es hörte sich an wie Kinder im Spiel.

Sie ging weiter, folgte den Stimmen und kam zurück zum Dorf. Jetzt brannte ein Feuer zwischen den Häusern. Eine Gruppe von Kindern sprang und tanzte um das Feuer herum, sie schrien wild durcheinander, als hätten sie schon immer hier gelebt. Wie viel Zeit war vergangen, seit sie das Dorf verlassen hatte? Die Kinder waren sonderbar gekleidet, trugen lange Gewänder. Sie sahen aus wie Erwachsene. Sie blieb hinter einem Fels stehen, niemand hatte sie gesehen. Schnell wich sie zurück, kletterte auf einen Baum. Von dort aus konnte sie ungestört zusehen. Die Kinder hatten sie nicht bemerkt, sie wirkten friedlich, tanzten und liefen mal hierhin, mal dorthin. Einige hatten sich auf die Erde gesetzt, schauten den anderen zu. Dann standen sie wieder auf, ein Mädchen hielt eine Blüte in der Hand, warf sie einem anderen Kind gegen den Kopf. Von Erwachsenen keine Spur.

Angestrengt versuchte sie, alles im Blick zu behalten, zu verstehen, was vor sich ging. In den Ästen knackte es laut, die Geräusche kamen näher. Ein Rascheln der Blätter, abgebrochene Äste. Etwas fiel zu Boden. Die Kinder standen plötzlich unter ihr, sie riefen etwas, schauten zu den Bäumen herauf, aber sahen sie nicht. Sie warfen Steine und Äste in ihre Richtung. Sie duckte sich, kroch weiter, versteckte sich hinter dem Stamm und hielt einen großen Ast vor sich hin. Als sie sich umdrehte, erschrak sie so sehr, dass sie fast vom Baum fiel. Das Gesicht eines Langurenjungen starrte sie an. Er hatte helles graues Fell und ein dunkles Gesicht. Neugierig kam es auf sie zu. Die Kinder wandten sich wieder ihrem Spiel zu. Sie lehnte sich erleichtert zurück. Das Junge hatte es sich gemütlich gemacht, kratzte sich, suchte nach Läusen im Fell. Sie warteten, während das Spiel der Kinder sich wiederholte. Mal liefen sie herum, mal redeten, mal tanzten sie. Manche wurden müde, legten sich hin, standen wieder auf. Es war, wie Kinderspiele eben sind: Sie wiederholten sich, und darin lag auch ihr Reiz. Aber nur für die Kinder, ihr wurde schnell langweilig. Ihre Lider wurden schwer und fielen schließlich zu. Sie schlief zwischen den Ästen ein und hatte wieder diesen Traum, wie so oft in den Nächten davor: Das Meer war verstummt. Sie sah die Wellen, konnte jedoch kein Rauschen hören, als wäre eine Wand zwischen ihr und der Welt.

Als sie aufwachte, war es dunkel geworden. Der Platz war leer. Aus den Fenstern flackerte das Licht. Der Mond leuchtete über ihr. Ein großer weißer Ball. Er tauchte die Blätter und Bäume in ein bläuliches Licht. Die Palmen warfen Schatten, bewegten sich, als würde jemand sanft über die Blätter streichen, eins nach dem anderen erzitterte im Wind. Ein leises Zirpen und Rascheln war zu hören. Überall bewegte sich etwas, knackte etwas, huschte etwas an ihr vorbei. Die Tiere legten sich schlafen. Ein süßlicher Duft breitete sich aus, der bald alles erfüllte. Weiße Blüten waren aus dem Baum gewachsen, lange Fäden, die an ihren Enden pink leuchteten und mit gelben Staubperlen besetzt waren. Sie sahen aus wie Seeanemonen, die im Wind hin und her wogten. Dazwischen flogen Leuchtkäfer umher und die dunklen Körper der Fledermäuse. Sie tauchten ihre Köpfe tief in die Blüten, flogen wieder davon. Sie lehnte sich zurück, ihr Körper wurde schwer, sie atmete den süßen Duft und schlief erneut ein. Wieder stand sie vor dem Meer. Alles war schwarz, sie konnte es kaum von der Dunkelheit unterscheiden. Aber dieses Mal legten sich Stimmen über die Wellen, als würde das Meer zu sprechen beginnen. Dann tauchten Schatten vor ihr auf, die immer näher kamen, Gestalten, die Hände erhoben, immer näher kamen sie, immer weiter auf sie zu.

Als sie erwachte, waren die Blüten verschwunden, waren abgefallen, lagen auf dem Boden verstreut. Die Kinder sammelten sie ein, waren ganz aufgeregt, riefen durcheinander und steckten sie sich in die Haare. Noch immer hatten sie nicht bemerkt, dass da jemand im Baum saß, noch immer waren keine Erwachsenen zu sehen. Sie blieb noch einige Stunden im Baum, das Langurenjunge an ihrer Seite, das zwischen den Ästen eingeschlafen war. Dann wagte sie sich hinunter, näherte sich langsam dem Dorf. Das Feuer brannte noch, die Kinder waren beschäftigt. Eilig gingen sie in die Häuser und kamen wieder heraus, bereiteten das Essen vor. Sie ging langsam auf die Kinder zu, bis ein Mädchen sie entdeckte und den anderen etwas zurief. Alle verstummten, legten nieder, was sie in der Hand gehabt hatten. Alle Augen waren jetzt auf sie gerichtet, aber niemand sprach ein Wort. Sie warteten, bis sie sich genähert hatte, dann machten sich zwei von ihnen los und gingen auf sie zu. Sie hob ihre Arme. Die kleinen Hände tasteten ihren Körper nach Waffen ab, dann öffneten die anderen den Kreis, den sie gebildet hatten.

Ich komme in Frieden, sagte sie, aber niemand beachtete sie.

Das wissen wir, sagten sie, setz dich. Sie wiesen ihr einen Platz zu und machten weiter, als wäre nichts gewesen, die Gesichter ernst, alles Kindliche, alles Verspielte war daraus verschwunden. Sie hatten Muster auf ihre Gesichter gezeichnet und trugen Gold und Schmuck in den Haaren.

Wo sind eure Eltern?, fragte sie.

Jetzt lachten sie, sahen sich an, selbst die Kleinsten kicherten mit.

Was macht ihr hier?, fragte sie.

Sie lachten noch lauter, die Kleinsten kriegten sich gar nicht mehr ein. Sie stellten eine Schüssel mit Suppe vor sie hin und lachten noch immer. Sie schöpfte die Suppe gierig in sich hinein, sie war glühend heiß und scharf, brannte ihre Kehle hinunter, füllte ihren Magen mit einer wohltuenden Wärme. Sie war so beschäftigt mit der Suppe, dass sie nicht bemerkt hatte, wie sich die Kinder genähert hatten. Sie hatten sie eingekesselt, waren dicht an sie herangerückt. Niemand sprach, alle schauten nur. Irgendetwas ging hier vor. Irgendetwas passierte. Worauf warteten sie? Dann spürte sie, wie eine Wärme sich in ihr ausbreitete, ihren ganzen Körper ausfüllte, ihr schließlich in den Kopf stieg. Wieder wurden ihre Lider schwer, fielen immer wieder zu. Augenpaare, die näher kamen, das konnte sie noch ausmachen, und dann nur noch Schatten, die sich bewegten. Ein Treiben hatte begonnen, dem sie nicht mehr folgen konnte. Alles wurde schwarz, die Dunkelheit sog sie ein, alles war wie entrückt. Die Stimmen erhoben sich, die Schritte scharrten über die Erde, der Rauch stieg in ihre Lungen, alles setzte sich in Bewegung. Da war dieses Rauschen. Der Geruch nach Verwesung. Und ein Schmerz, der ihren ganzen Körper erfüllte, da kamen die Angst und der Verlust hinzu, die Einsamkeit und die Gewissheit, alles verloren zu haben. Der Schmerz drückte schwer auf ihre Brust, nahm ihr den Atem, und plötzlich vernahm sie ein Schluchzen, es kam tief aus ihrem Inneren, die Tränen liefen über ihr Gesicht, tropften auf den Boden, ihre Lunge schnappte nach Luft. Alles war zerbrochen, aber sie erinnerte sich nicht. Sie erinnerte sich an nichts, erinnerte sich an niemanden. Sie soll sich endlich erinnern, hat sie alles vergessen?

Sie öffnete die Augen, es war dunkel geworden. Eine Flamme und noch eine, sie bewegten sich vor und zurück, begannen zu kreisen, zu tanzen, immer mehr wurden es. Die Flammen zeichneten Linien in die Luft, und Stimmen erhoben sich, helle klirrende Stimmen, sie fügten sich ein in das Rauschen des Meeres, das Rufen der Eulen, in den Gesang der Vögel, das Schnattern der Geckos, ein Schlagen mischte sich hinein, wie Schritte im Wald oder eine Axt auf Holz, und es wurde immer lauter, pulsierte im selben Rhythmus, als wäre alles eins.

Jetzt drängte sich alles an die Oberfläche, die Angst, die tief in ihren Knochen steckte, die Schritte hinter ihr, diese Stimmen, die Schreie, dieses Keuchen. Die Hitze des Feuers. Der Rauch in ihren Lungen. Das Blitzen der Klingen im Licht. Und diese Augen, die sie anstarrten, so finster und entrückt, als wären es die Augen von Tieren. Die Äste, die ihr ins Gesicht schlugen, und wie sie immer weiterlief, nur die Erde unter ihren Füßen, nur das Keuchen aus ihren Lungen. Und kein Blick zurück. Niemals ein Blick zurück.

Sie spürte einen Schmerz, der jeden Teil ihres Körpers durchdrang, sich in ihre Eingeweide fraß und sie lähmte. Der Schmerz wurde so stark, dass sie immer wieder das Bewusstsein verlor, ihr war heiß und kalt, alles zugleich. Wieder sah sie das Meer vor sich, wie es sich aufbäumte und auf sie zukam. Sie sah den Wald, wie er sie langsam verschluckte. Sie sah ein Mädchen, das ihr die Hand reichte. Sie sah eine Klinge, die an ihren Beinen entlangfuhr. Sie sah die Flammen um sich herum, wie sie Schriftzeichen in den Raum brannten, und hörte die Stimmen, aus weiter Ferne, ganz dumpf und leise, und sie merkte, wie sie allmählich leichter wurde, wie etwas abfiel von ihr, wie Hände sie berührten und eine Wärme sich ausbreitete, als wäre sie endlich angekommen.

Unter all den Stimmen, die anschwollen und wieder verebbten, die ihr in den Ohren schmerzten und etwas in ihr zum Schwingen brachten, erkannte sie plötzlich ihre eigene. Sie stimmte ein in den Rhythmus, sang in einer fremden Sprache und wiederholte Strophen, die sie noch nie zuvor gehört hatte. Es war ein Lied über einen Geist, der sich abgewandt hatte, um sich auf die Sichel des Mondes zu flüchten und dort einsam zu sterben, es war ein Lied vom Untergang. Ihre Stimme verlor sich zwischen den anderen, gemeinsam sangen sie von den Blüten, die ihre Farben verloren, und wie alles schwarz wurde und wie alles starb.

Dann fiel sie wieder in den Schlaf. Sie träumte von einer Ruine. Sie wusste nicht, wo sie war, Kinder standen um sie herum. Überall hörte sie ihr Lachen, hörte sie den hellen Klang ihrer Stimmen. Dann war es still. Ein Läuten war zu hören. Kleine Glocken, die immer lauter wurden. Unheimliche Gestalten kamen aus dem Wald, zwangen die Kinder auf die Knie. Sie saßen im Kreis auf der Erde, die Köpfe gesenkt, hie und da war ein Schluchzen und Wimmern zu hören. Dann schlugen die Männer ihnen die Köpfe ab, ließen sie liegen und verschwanden. Zurück blieben nur ihre kleinen Körper, in weiße Kleider gehüllt. Sie stand mittendrin, schaute von einem zum anderen, wie sie zusammengesunken auf der Erde lagen. Schweiß stand auf ihrer Stirn, rann ihr eiskalt den Rücken hinunter, sie blickte zum Wald, aber nichts regte sich. Der Himmel hatte sich glühend rot gefärbt, ein paar Krähen saßen in den Bäumen und warteten, sie schaute zum Boden, sah, wie das Blut tropfte, sah auf ihre Hände, sie hatten sich rot gefärbt und zitterten.

Sie schreckte aus dem Schlaf, prüfte ihre Hände. Sie waren sauber, das Blut war verschwunden. Jemand hatte ihr ein Kleid angezogen. Jemand hatte ihr Essen gebracht. Jemand hatte ihr ein kaltes Tuch auf die Stirn gelegt. Ihr Kopf schmerzte. Ein schaler Geschmack in ihrem Mund. Sie versuchte sich zu orientieren. Sie war in einem kleinen Zimmer, ein Netz war über sie gespannt. Von oben drang das Licht durch die Öffnungen, waren die Blätter der Mangroven zu erkennen, wehte der Geruch von Zimt herein. Jemand griff nach ihrer Hand. Ein Mädchen saß neben ihr. Sie hatte langes schwarzes Haar und ein schönes Gesicht. Sie blickte sie sorgenvoll an und rückte näher, während sie wieder zu sich kam. Das Mädchen roch nach Hibiskus, eine rote Blüte steckte in ihrem Haar, sie leuchtete so schön und hell. Dann packte das Mädchen sie an den Armen, zog sie hoch, brachte sie zu den anderen.

Die Kinder bewegten sich voller Anmut, ihre Gewänder tanzten um ihre Beine. Es waren Kinder, eindeutig, aber sie hatten den Blick von Erwachsenen. Etwas lag darin verborgen, sie konnte nicht genau sagen, was es war. Sie schaute rasch zu Boden, sobald ihr eines von den Kindern in die Augen sah. Ihr Blick war so durchdringend, dass sie einen Schmerz in der Brust verspürte. Die Kinder kamen aus der Dunkelheit, gingen um das Feuer herum und verschwanden wieder. Sie brachten Laub oder Blüten, Äste aus dem Wald. Jedes Mal waren neue Gesichter darunter, als wären es Unzählige von ihnen.

Dann wurde es seltsam still. Sie setzten sich im Kreis

um das Feuer, hielten sich an den Händen. In der Luft lag der Geruch von Fäulnis. Kalte Hände griffen nach ihren Händen, ihre Finger verschränkten sich. Dann begannen sie zu singen, aber kein Lied, vielmehr ein Mantra. Es klang wie eine Beschwörung, sie konnte den Worten nicht folgen. Was sangen sie da? Der Gestank nahm ihr die Luft zum Atmen, die Hände der Kinder krallten sich immer fester in ihre. Sie schloss die Augen und öffnete den Mund. Alles hatte sich verlangsamt, sie konnte regelrecht spüren, wie ihre Stimme den Mund verließ, wie aus ihrer Stimme eine seltsame Melodie wurde. Der Geruch veränderte sich, wurde stechend süß, und die Hände begannen sie zu wärmen. Mit jedem Ton fühlte sie sich leichter, spürte sie, wie all diese Schwere ihr Innerstes verließ. Es war, als hätte sich alles aufgelöst. Zeit und Raum, ihre Körper nur noch frei schwebende Punkte, Staubkörner, die aufwirbelten und sich wieder absenkten. Die immer gleichen Sätze und Wörter fielen aus ihrem Mund, Melodien, die sich wiederholten, in Variationen, aber immer wieder von vorn. Es war ein Lied von Licht und Schatten. Vom Feuer und vom Tod. Von der Kälte und dem Ende.

Als die Rhythmen langsam verklangen, ihre Stimme schon heiser, war es dunkel geworden und still. Über ihr öffnete sich der Nachthimmel. Der Mond hing als Sichel über ihr. Oder lachte er? Es war, als säße da jemand in der Dunkelheit, als würde sie jemand willkommen heißen. Die Sterne leuchteten so hell wie nie zuvor. Das Licht stach ihr fast ins Auge. Sie versuchte sich zu orientieren, suchte nach den Sternen, die sie kannte. Da löste sich plötzlich einer vom Himmel. Eine Sternschnuppe, dachte sie zuerst, doch der Stern kam näher, immer weiter auf sie zu, dann erlosch er, fiel als dunkler Klumpen geradewegs in das Meer. Als sie sich langsam aufrichtete, waren die Stimmen verschwunden, war es vollkommen still geworden. Die Glut brannte noch, das Holz knackte ganz leise, kaum zu hören, dünne Rauchschwaden stiegen nach oben. In den Häusern war es dunkel, das Licht hinter den Fenstern erloschen, die Türen geschlossen, von den Kindern keine Spur. Sie hatten sie einfach zurückgelassen.

Sie öffnete die Türen, eine nach der anderen. Sie ging in ihre Häuser, legte sich in ihre Betten, aß von ihren Tellern, saß auf ihren Stühlen. Sie schloss die Tür hinter sich, als wäre sie schon immer hier gewesen und nun nach einer langen Wanderung zurückgekehrt.

Als sie am nächsten Tag nach draußen ging, waren die Blätter der Palmen an den Rändern verbrannt, die Gräser braun, die Blüten blass geworden. Eine löste sich, trieb mit dem Wind davon, rollte sich zusammen, wurde kleiner und kleiner. Bei jedem Windstoß überschlug sie sich, fiel ein Teil von ihr zu Boden, fiel sie allmählich auseinander, bis nichts mehr blieb, nur Reste von Staub.

Alles verschwindet

I

Wenn jemand stirbt, tanzen sie. Sie tragen Masken aus Holz. Verzerrte Gesichter sind darauf zu erkennen, mit hervorstehenden Augen, und eine Haarpracht aus Flammen und Schlangen. Sie bilden einen Kreis um den toten Körper, schlagen die Trommeln, tanzen im Rhythmus der Schläge. Sie flüstern die immer gleichen Sätze in den Wind, ein Gebet oder ein Mantra, man versteht kaum, was sie sagen. Ihre Füße scharren über die Erde, kleine Glocken rasseln an ihren Armen und Beinen. Sie bilden einen Kreis um die Leiche, bewegen sich immer weiter darauf zu. Dann halten sie inne, das Trommeln hört auf. Jeder berührt eine Stelle, die er zu fassen bekommt, oder verschließt den Mund, die Ohren, verschließt jede Öffnung mit Stoffen und Tüchern, versperrt den Geistern den Weg. Und dann ein lauter Schlag, das Trommeln setzt wieder ein. Sie werfen den Körper ins Feuer, und jeder schneidet sich ein Stück ab, nimmt einen Teil in sich auf, so geht niemand verloren. Mit jedem Tod beginnt das Ritual wieder von vorne. Die Seelen wandern weiter, von Körper zu Körper, von Jahr zu Jahr.

2

Der Geruch des Feuers erfüllt den ganzen Raum. Ich stelle ihn auf den Tisch. Die Augen haben sich wieder geöffnet, sie haben sich schwarz gefärbt, sie starren mich an. Die Asche hat sich von seiner Haut gelöst und Flecken hinterlassen. Ich lege meine Hand auf den Kopf, die Haut ist kalt und glatt. Ich tauche meine Hände in sein Blut und führe meine Finger über sein Gesicht. Eine rote Linie, die das Gesicht in zwei Hälften teilt. Ich ziehe weitere Linien, immer von oben nach unten, bis das Gesicht in der Dunkelheit leuchtet.

3

Kurz vor Sonnenaufgang breche ich auf. Ich packe den Kopf an den Haaren, die Zunge hängt ihm aus seinem Mund, die Augen öffnen und schließen sich. Eine Gruppe Languren klettert von den Bäumen und folgt mir. Sie springen an mir hoch, versuchen, den Kopf aus meiner Hand zu reißen. Einer springt von einem Baum auf meine Schultern, seine Krallen bohren sich tief in meine Haut. Das Blut läuft an meinem Arm entlang, tropft auf den Kopf. Erst als ich anhalte, das Gewehr von der Schulter nehme und einen von ihnen erschieße, lassen sie von mir ab und verschwinden. Die ersten Sonnenstrahlen kämpfen sich am Horizont hervor, als ich ankomme.

Das Skelett steht immer noch dort, die Farbe auf dem Schädel zerronnen, vom Licht verblichen. Die Augenhöhlen sind auf mich gerichtet. Der Wind schlägt die Knochen aneinander, peitscht die Totenköpfe hin und her. Ein seltsames Geräusch, leer und einsam. Ich reiße den Schädel vom Rumpf, setze den neuen Kopf darauf. Was sie können, kann ich schon lange. Der Mund steht weit offen, als hätte er einen letzten Schrei getan, als hätte es noch einen Kampf gegeben. Dabei hat sich der Tod ganz stumm über ihn gelegt. Die Farbe ist noch feucht und glänzt im ersten Sonnenlicht. Ich setze den Hut auf seinen Kopf, reiße die Krallen, die Zähne herunter, nur die Federn lasse ich. Sie lodern im Wind.

4

Wenn es ganz still ist, wenn das Meer sich zurückgezogen und der Wind sich beruhigt hat, höre ich die Tiere hektisch durch den Wald laufen, auf der Suche nach Nahrung. Ständig sehe ich ihre hilflosen Blicke vor mir, wie sie mich anstarren, wie sie mit hängenden Ohren und eingezogenen Schwänzen umherwandern. Manche haben aufgegeben, haben sich in Höhlen verkrochen und retten sich in einen hungrigen Schlaf. Ich höre das Kratzen, die klagenden Rufe. Ihr Raunen schwillt zu einem unheimlichen Lärm an. Ein Knurren und Scharren und Schlagen.

5

Zu Beginn waren es einzelne Kämpfe gewesen, harmlos, fast unterhaltsam. Languren, die miteinander rauften, Palmenhörnchen, die einander jagten, von einem Ast zum nächsten sprangen, Ameisen, die einen Tanz vollführten, sich aufeinanderlegten. Aber immer lösten sie sich wieder voneinander, immer näherten sie sich wieder an und der Kampf war vergessen. Jetzt sehe ich die toten Ameisen, von anderen umringt. Sie tragen sie nicht zurück in den Bau, sondern verzehren die kleinen Körper, bis nichts mehr davon übrig bleibt, keine Spur, kein Hinweis auf Leben. Schlangen, die Flughunde verzehren. Palmenhörnchen, die sich auf Krähen stürzen. Mungos, die an den langen Körpern der Warane zerren und sich Zentimeter für Zentimeter an ihnen zu schaffen machen. Es kommt mir so vor, als gäbe es nichts mehr, das noch einem Gesetz der Natur folgt, als bewegten wir uns nun in einem vollkommen leeren Raum. Unlängst stand ich auf meinem Wachturm. Aus der Ferne konnte ich einen Kampf beobachten. Ein Dutzend Languren stürzte sich auf ein Reh. Einige hielten die Beine, andere sprangen auf den Kopf und rissen daran, wieder andere bissen sich fest, bis seine Beine nachgaben, bis es zusammenbrach, die Augen weit aufgerissen, wirr und verängstigt. Und dann arbeiteten sie sich vor, Stück für Stück, alles war voller Blut und das schimmernde Fell verschwand unter den gierigen

Köpfen der Languren. Als sie fertig waren, legten sie sich hin. Ein ganzes Rudel, ineinander verkeilt, ruhte neben den letzten Resten des Rehs, fast so, als wollten sie es nicht allein lassen. Kurze Zeit später waren die Languren verschwunden, und über das Skelett hatte sich ein schwarzer Schatten gelegt. Krähen, die das letzte Fleisch von den Knochen pickten.

6

Da sind sie wieder. Diese Stimmen, hohe und tiefe Stimmen, die durcheinanderschwirren. Mal sind sie dicht an meinem Ohr, mal hallen sie als Echo über die Insel. Mal ist es ein Flüstern, mal ein Gewirr aus Melodien und Liedern. Manchmal kann ich nicht schlafen, so viele Stimmen brechen über mich herein, manchmal kann ich nichts mehr hören, so laut wird ihr Geschrei, so sehr reden sie auf mich ein. Manchmal sind sie dicht hinter mir, ihre Schritte schlagen auf die Erde. Ich warte. Jeden Tag und jede Nacht, ich weiß nicht einmal mehr, seit wann ich warte, wie viel Zeit schon vergangen ist. Sie kommen nicht, sie kommen nie. Im Sand sind nur Spuren geblieben. Die Stimmen tauchen auf, dann verschwinden sie wieder. Die Schritte, zuerst hinter mir, dann verklingen sie wieder, und alles ist still. Was spielen sie für ein Spiel mit mir? Wohin sind sie verschwunden?

7

Sie sagen, in den Bäumen ist unser Ursprung zu finden. Sie sind älter als alles, was lebt, sie haben alles vor uns gesehen und werden alles überdauern. Ihre Wurzeln reichen tiefer, als wir graben können. Dort legen sich die Geister zur Ruhe. Ihr Atem dringt in unsere Lungen, und die Blätter erfüllen die Welt mit ihrem Klang. In den Baumkronen sitzen die Götter und spielen ein Spiel. Immer wieder von Neuem.

8

Irgendwo haben sie sich versteckt. Ich laufe über die Insel, suche nach Spuren und Hinweisen. Ich finde Fußabdrücke, die nirgends hinführen. Kaputte Pfeile und Bögen. Verlassene Plätze und Verstecke. Ich gehe in den Norden, laufe durch das Dorf. Ich rufe nach ihnen, aber niemand antwortet mir. Nur die verkohlten Baracken sind geblieben und Spuren, die sich im Wald verlieren. Haben sie sich in den Höhlen verkrochen? Sind sie auf ihre Schiffe geflüchtet, haben sie Erdlöcher gegraben, sich unter den vertrockneten Ästen und Sträuchern versteckt? Oder schlafen sie hoch oben in den Bäumen? Irgendwo sind sie. Irgendwo lauern sie. Irgendwo warten sie auf mich. Doch wohin ich auch gehe, empfängt mich nur diese Stille. Ich laufe von Baracke zu Baracke.

Laufe über den verlassenen Platz, durch die Feuerstellen hindurch. Knochen zerbrechen unter meinen Schritten. Große und kleine Schädel liegen herum. Einen nehme ich in die Hand, Asche haftet an ihm, die dunklen Augenhöhlen starren mich an. Das Kiefer weit geöffnet, als würde er mich auslachen. Als würden sie mich durch seine Augenhöhlen beobachten. Der Schädel ist glatt und kalt. Ich streiche mit der Hand darüber, klopfe die Asche ab. Plötzlich kippt das Kiefer nach unten. Plötzlich ist es, als würde jemand hinter mir stehen. Ich lasse den Schädel fallen, drehe mich nach allen Seiten. Mein Herz rast. Meine Hände zittern. Was, wenn sie hier auf mich gewartet haben? Aber hinter mir ist niemand. Vielleicht nur ein Windstoß. Kein Schatten ist zu sehen. Kein Geräusch zu hören. Ist es vorbei? Bin nur mehr ich auf dieser Insel?

9

Es gab eine Zeit, da waren die Nächte noch friedlich. Kaum etwas war zu hören, der leise Klang des Waldes wiegte mich in den Schlaf. Manchmal hörte ich Stimmen, die leise miteinander sprachen, Türen, die sich schlossen, ein Klatschen, wenn jemand eine Fliege erschlug, ein warmer Körper an meiner Seite, der sich hob und senkte, der gleichmäßige Atem erfüllte den Raum. Ich kann mich kaum erinnern, wann ich zuletzt eine Stimme gehört, eine Berührung gespürt habe, wie das ist, über einen anderen Körper zu streichen, sich miteinander zu verbinden, den Geruch des anderen in sich aufzunehmen, seinen Atem auf der Haut zu spüren. Jetzt erstreckt sich eine Einsamkeit vor mir, weite Räume und lange Gänge, draußen der kahle Wald und in mir diese unendliche Leere, die mit nichts mehr zu füllen ist.

10

Eines Morgens höre ich eine tiefe und traurige Melodie, in die sich immer neue Stimmen mischen, ein Chor, der das Ende besingt. Als ich nach draußen gehe, wird es lauter, die Brandung stimmt mit ein, und die Krähen rufen aufgeregt von weit her. Ich folge den Rufen und gehe durch den Wald, Richtung Ufer. Als der Wald sich lichtet und der Blick frei wird, sehe ich die riesigen dunklen Körper im Sand. Das ganze Ufer ist voller Wale im Todeskampf, sie ächzen und stöhnen, schlagen wild mit ihren Flossen um sich, sie sitzen fest und trocknen allmählich aus. Manche sind schon tot, andere schlagen mit ihrem Schwanz, versuchen vergeblich, ins Wasser zurückzufinden. Ich versuche sie anzuheben, sie ins Wasser zu ziehen, aber sie sind so schwer, bewegen sich keinen Zentimeter und sehen mich nur mit traurigen Augen an. Ich streiche über ihre Körper, die Haut ist glatt und kalt. Die Sonne brennt unermüdlich auf sie ein, manche haben schon Dellen bekommen, ihre Mäuler weit geöffnet. Die Krähen hinter mir, ihre geschäftigen Rufe. Die ersten Adler am Himmel, die zuerst weite Kreise ziehen, um dann geradewegs herunterzustürzen. Überall arbeitet es, zanken sie um das Fleisch, hacken sie die Schnäbel hinein. Dann kommen auch die anderen Tiere aus den Wäldern, die Languren und Palmenhörnchen, selbst die Warane, alle kommen sie aus ihren Löchern und feiern das größte Festmahl aller Zeiten. Ich lege mich zu den Walen, streiche über einen der kalten Körper. Der Wal wird ruhig und hört auf, seinen Schwanz in den Sand zu schlagen. Sein Stöhnen wird leiser, seine Atmung wird ruhiger und ich schlafe ein, wache erst wieder auf, als eine Fliege auf mir landet. Neben mir nur noch ein geschundener Leichnam, übersät mit Bissen und Löchern, mit Fliegen und Würmern. Der Aasgeruch breitet sich aus, überdeckt den Geruch des Meeres. Ich übergebe mich in den Sand, stehe auf, gehe in den Wald und weine, die ganze Nacht, als hätte ich erst jetzt alles verloren.

II

Die Tiere scharren an den Türen, trampeln und springen über das Dach. Die letzten, die geblieben sind. Durch die Ritzen der Mauern dringt mein Geruch nach draußen. Der Hunger hat sich eingenistet, macht sie blind und wild. Jetzt ist nichts mehr zu finden. Kein Blatt, keine Wurzel, keine einzige Frucht, kein Grashalm, der nicht verdorrt, keine Pflanze, die nicht schon verfault wäre. Ein einziger Schlamm. Jetzt gehen sie aufeinander los. Jetzt fressen sie sich selbst das Fleisch vom Leib. Die Körper der Languren sind angebissen, tiefe Wunden ziehen sich über die Schädel. Manchmal höre ich Schreie von draußen. Sie kämpfen in den Ästen, fletschen die Zähne, beißen sich fest, so lange, bis einer liegen bleibt, bis einer totgebissen wird. Dann stürzen sie sich auf ihn, und zurück bleiben nur noch die Knochen. Ich halte still, warte, bis sie sich schlafen legen, bis ein neuer Tag beginnt. Ihr Heulen und Kreischen ist noch lange zu hören.

12

Sie sagen, nachts wandern die Geister durch die Wälder. Nicht jede kann ihre Schritte und Stimmen hören, nicht jeder ihre Schatten ausmachen. Sie schlagen gegen Türen, springen auf Dächer. Sie kreisen um die Mauern ihrer einstigen Häuser, kehren dorthin zurück, wo sie gelebt und gearbeitet haben. Sie schlagen das Holz mit der Axt, graben Felder um. Und manchmal warten sie: in Höhlen, auf Bäumen, vor den Eingängen der Häuser. Sie warten, bis wieder ein Körper frei wird, bis die Seele aus den Löchern kriecht, bis der Weg endlich frei ist. Dann, wenn sie zum ersten Mal wieder auf die Welt blicken, ist eine Erschütterung zu vernehmen, so sanft, so unmerklich, kaum wahrnehmbar. Die Blätter erzittern für einen kurzen Moment, und ein Dröhnen ist zu hören, irgendwo in der Ferne. Es könnte auch das Meer sein oder der Wind.

13

In einer Zeit, lange bevor alles begann, muss die Insel mit Licht durchflutet gewesen sein. Ich sehe die Bilder vor mir, sie blitzen auf, wenn ich in die Dunkelheit schaue, in die Dürre, den Schlamm und den Dreck. Dann sehe ich die Blumen im Licht des Morgens leuchten, sehe ich dieses helle Grün der Reisfelder, die Palmen im Wind schaukeln, bunte Kleider, tanzende Menschen, fröhliche Gesichter und mich: mittendrin. Wie ich lache! Ich spüre die Wärme der anderen, zwei Hände in meinen, meine Füße, wie sie über den Boden schweben, so leicht muss ich mich gefühlt haben. Es ist nur ein Bild, eingefroren, ich weiß nicht, ob ich das wirklich erlebt habe. Das Bild bewegt sich, verschwindet. Ein Rauschen legt sich darüber. Bin ich das? Ist das mein Kopf im Nacken? Sind das meine Arme, weit von mir gestreckt? Ist das mein helles Lachen? Ist das mein Körper, der da tanzt und sich dreht? Ist das wirklich der Geruch von Jasmin in meiner Nase? Ich beginne mich zu drehen, werde schneller, schneller und schneller, alles um mich herum beginnt zu tanzen, bis die Farben sich miteinander vermischen, sich auflösen, nach und nach, bis alles braun wird, dann grau und schwarz, und der Geruch von Fäulnis sich über alles legt.

14

Sie sagen, dass alles seinen Lauf nimmt. Jeder Moment, jeder Gedanke, alles ist vorherbestimmt, gottgewollt, nichts ist dem Zufall überlassen. Wir können nichts daran ändern, wir sind ein Rad im Getriebe, und jede, die ausschert, jeder, der sich auflehnt, muss dafür bezahlen. Es gibt Geschichten von denen, die sich auflehnten. Sie wandeln als Geister über die Insel. Sie verstecken sich in Höhlen, sie schlafen in den Baumkronen, sie tanzen im Feuer. Sie sind ständig in Bewegung, wollen aufhalten, was nicht aufzuhalten ist. Die Götter sind nicht die Schöpfer, sie sind die Zerstörer und warten nur auf den richtigen Moment, um alles der Dunkelheit zu überlassen. Dann erst werden sie Ruhe geben, werden sie weiterziehen, sich schlafen legen und zu einer anderen Zeit wieder erwachen.

15

Ich gehe auf den Wachturm, überblicke die Insel. Wie viel Zeit wird noch bleiben? Eine Krähe sitzt auf der Mauer. Ihr Kopf gesenkt, müde ihr Blick. Ich gehe auf sie zu, doch sie fliegt nicht davon, sie sieht mich an, bewegt sich kaum, macht nur einen kleinen Schritt zur Seite. Ich berühre ihren Kopf, streiche über ihr Gefieder. Erst jetzt schließt sie die Augen, sinkt zusammen und ruht sich aus. Sie hat keine Kraft mehr, kann sich gerade noch halten. Ich suche nach Nahrung, lege ein Stück Trockenfisch vor sie. Doch sie rührt es nicht an, schaut nicht einmal hin. Sie hat den Kampf aufgegeben, oder vielleicht hat sie ihn verloren, was macht das noch für einen Unterschied. Ich setze mich zu ihr und warte, bis es zu Ende ist.

16

Als ich an einer Höhle vorbeikomme, dringt das Lachen von Kindern als Echo zu mir. Ich höre ihre Schritte, wie sie laufen, ihre Stimmen. Ein Spiel. Ich kann mich erinnern: Man steckt sich eine Blüte ins Haar und läuft vor den anderen davon, bis sie jemand an sich reißt, dann beginnt das Spiel wieder von vorn. Es ist erst dann zu Ende, wenn die Blume ihre Blüten verloren hat. Ich steige in die Höhle, die Öffnung ist klein und eng. Das

Lachen wird leiser, die Schritte entfernen sich. Ich taste mich an den Wänden entlang, aber schon komme ich ans Ende. Die Höhle ist leer.

17

Hätte es anders kommen können? Wo liegt der Anfang? Ich suche nach dem Anfang, beschwöre die Bilder der Vergangenheit, aber ich finde keine Antwort, da draußen wartet das Nichts, dunkel und unheimlich, es wird alles verschlucken. Am Ufer liegen die Überreste, liegt der Abfall der Insel. Das Meer schlägt seine Wellen ans Ufer, holt sich alles zurück. Es ist das Unabwendbare, das mir den Atem nimmt. Alles verschwindet. Nur ich bin immer noch hier. Das Ende rückt näher. Was bleibt, wenn alles verschwunden ist? Wer wird sich erinnern, an all das Verlorene?

18

Die Languren wandern über die morschen Äste der Bäume, noch leben sie, aber eigentlich sind sie schon tot. Ihre Schritte sind langsamer geworden, müde ihr Blick, die Körper mit Wunden überdeckt. Der Tod hat sich eingenistet, in ihren Augen, in ihren Körpern. Wären sie sich seiner bewusst, würden sie vom Ast fallen und sich endlich hingeben. Wir sind alle schon tot, nur wissen wir es noch nicht. Es ist nur mehr eine Frage der Zeit, bis die Insel ächzend in sich zusammenfällt.

19

Ein dunkler Schatten legt sich über die Sonne. Er bewegt sich langsam, verschluckt ihr Licht, nimmt langsam Besitz von ihr, bis sich nur noch einzelne Strahlen hervorkämpfen. Eine seltsame Dunkelheit legt sich über die Insel. Die Krähen flattern aufgeregt durch die Luft, ein verzweifeltes Heulen, ein nervöses Scharren von überall. Doch dann dringt das Licht wieder hervor, der Schatten verschwindet. Die Strahlen legen sich zaghaft über die Insel. Fast leuchtet sie. Fast schimmern die dunklen Äste ein wenig golden im Licht.

20

Ich laufe über die Insel, vom Süden in den Norden und wieder zurück. Ich laufe, so schnell mich meine Beine tragen. Ich ritze die vergangenen Tage und Nächte in Baumrinden, die letzten Wörter, an die ich mich erinnere, ich lege Linien und Kreise aus kleinen Skeletten, grabe ein ganzes Universum aus Schriftzeichen in den

Sand. Ich erzähle von meiner Geschichte, von jedem einzelnen Tag, der vergangen ist. Und dann stelle ich mich auf meinen Wachturm und schaue dabei zu, wie die Zeichen in der Dunkelheit lodern.

21

Auf dem Waldboden verstreut liegen die Leichen der Tiere. Warane, Mungos und Reiher. Skelette und Fischschuppen, vom Meer in den Wald getragen. Federn und abgerissene Schnäbel, angebissene Körper, die in der Erde kleben. Ihre Augen sind leer, die Federn, das Fell mit Schlamm überzogen. Manche sind tiefer in der Erde vergraben, nur ein Schnabel oder ein Bein ragt hervor. Andere liegen ganz friedlich vor einer Höhle oder unter einem Baum. Man könnte meinen, sie schliefen einen langen und ruhigen Schlaf. Ich steige zwischen den Kadavern umher, noch vor Kurzem haben sie sich bewegt. Jetzt sind sie nichts als Abfall, sind einfach auf der Strecke geblieben. Und wie ich sie mir ansehe, denke ich, dass doch etwas unermesslich Schönes im Tod liegt. An dieser Art der Erstarrung, an dieser Ruhe und Leere, an dieser Dunkelheit im Blick. Ich nehme den Kopf eines Languren in die Hand. Über sein Gesicht wandern Maden und Fliegen, die in den Öffnungen verschwinden. Das Licht spiegelt sich in seinen Augen. Und mein Gesicht erscheint darin. Ich werde den Toten immer ähnlicher. Eine Made kriecht auf meine Hand. Ich lasse den Kopf wieder fallen und drücke sein Gesicht tief in die Erde.

22

Immer wieder versuche ich mir vorzustellen, wie das war, als alles noch blühte und wuchs, die ganze Insel wucherte, die Tiere sich leichtfüßig bewegten, Insekten in die Blüten tauchten, wie das war, als alles mehr wurde und nicht weniger. Aber es ist unmöglich geworden, die Insel als Ganzes zu denken. Sie ist in kleine Teile zerbrochen. Ihre Scherben liegen verstreut, unkenntlich geworden. Es ist unmöglich, sie wieder zusammenzusetzen. Vereinzelt leuchten sie in einer so fernen Schönheit auf, dass ich von einer tiefen Traurigkeit heimgesucht werde, ein Schmerz breitet sich in meinem Körper aus, die Tränen laufen über mein Gesicht und ich kann gar nicht mehr aufhören, um all das Verlorene zu weinen, um all das Vergangene, Unwiederbringliche.

23

Der Hunger raubt mir den Verstand. Er ist das einzig Beständige und Tag wie Nacht an meiner Seite. Er bohrt sich in jede Faser meines Körpers. Ich grabe nach Wurzeln, nage an Ästen und Baumrinden, doch das trockene Zeug schabt nur in der Kehle, verklumpt meinen Magen. Eine Spinne klettert neugierig über den Stamm und beobachtet mich. Sie hat große, fleischige Beine, dunkel und hell gestreift, einen dicken Körper. Als ich mich bewege, klettert sie weiter. Ich folge ihr und warte, bis sie stehen bleibt. Dann stoße ich mein Messer in ihren Kopf. Sofort ziehen sich die Beine zusammen, reglos bleibt sie vor mir liegen. Ich mache ein kleines Feuer, schneide die Beine ab, halte sie kurz in die Flammen, bis die Haare verbrennen und sich leicht von der Haut lösen lassen. Das erste Bein schmeckt eigenartig, rauchig und bitter, schon beim zweiten gewöhne ich mich an den Geschmack. Und als ich beim Körper angelangt bin, schlinge ich ihn mit großem Genuss hinunter.

24

Schlimmer als der Hunger ist nur der Durst. Er bremst meine Bewegungen, er lähmt meinen Verstand, er trübt die Sicht. Jedes Schlucken kratzt in meinem Hals, als würde etwas in meinem Rachen schaben, meine Zunge klebt trocken im Mund. Das Rauschen des Meeres ist über die ganze Insel zu hören. Höhnisch schlagen die Wellen ans Ufer. In den Felsspalten ist nichts mehr zu finden, der Fluss ein staubiger Graben, in meinen

Fässern kein Tropfen mehr. Also bleibt nur noch der Wald. In der Erde grabe ich nach Wurzeln. Mit einem Messer schabe ich feine Schichten herunter, die ich in meiner Hand sammle. Ich presse sie zusammen. Kostbare kleine Tropfen laufen in meine Kehle. Nur wenige Stunden später fällt der Baum in sich zusammen.

25

Ich laufe durch den Wald. Plötzlich sehe ich etwas vom Baum hängen. Es ist ein Mann. Er hängt an einem Strick, aber er lebt und hält das Seil nach oben. Er ruft mir zu. Komm näher, so komm doch! Er beginnt zu lachen, immer lauter und schriller. Mein Herz hämmert gegen meine Brust. Ich laufe davon, aber immer wieder komme ich an diese Stelle zurück. Und erst jetzt sehe ich es. Überall leblose Körper. Sie hängen von den Bäumen. Die Hälse blau, die Gesichter leer. Die Zungen rausgestreckt, als würden sie sich über mich lustig machen, als hätte ich das Spiel erst jetzt verstanden. Hier waren sie also die ganze Zeit! Ich gehe von einem zur anderen. Ich erinnere mich an ihre Stimmen, an die Gesichtszüge, an die Kleidung. Manche sind so entstellt, dass ich sie fast nicht mehr erkennen kann. Die Äste strecken sich vor die Körper, als hätten sie noch versucht sie abzuhalten. Ich kann mich an unsere Gespräche erinnern, kann mich an ihr Lachen erinnern, an ihre hasserfüllten Gesichter, an die Traurigkeit in ihrem Blick. Ich gehe von einem Baum zum nächsten, streiche über die Füße, nehme Abschied, von jedem einzelnen, so lange, bis ich ans Ende gelange. Dort hängt das Mädchen. Ich kann sie gar nicht ansehen. Unter ihrem Schatten liegt eine leuchtend rote Hibiskusblüte. Ich klettere nach oben, bewege mich vorsichtig am Ast entlang und schabe mit dem Messer am Strick, bis er reißt und das Mädchen zu Boden fällt. Ich reinige ihr Gesicht, wische die Erde von ihrer Kleidung, streiche über ihre Stirn. Sie sieht aus, als hätte der Tod sie um zehn Jahre gealtert. Ihre Schönheit, der Friede in ihrem Blick, verschwunden. Ich streiche an der schwarzen Linie entlang, die sich tief in ihren Hals eingebrannt hat, und als ich ihr die Blüte ins Haar stecken will, ist nichts mehr davon übrig. Der Himmel färbt sich rot, und es beginnt zu regnen. Es regnet durch mein Dach. Die Tropfen laufen in meinen Mund, und kurz ist es, als könnte das Wasser mich noch ein letztes Mal aufrichten. Ich greife an meinen Hals. Ich bin noch ganz.

26

Es gibt Tage, da nimmt die Angst überhand. Sie fährt in meinen Körper, lähmt meine Glieder, sie raubt mir das Augenlicht, saugt die Luft aus meinen Lungen. Sie packt mein Herz, hält es fest und drückt zu. Die Stunden vergehen wie Tage, die Minuten wie Stunden, in denen ich liege, fantasiere, von Dingen träume, die lange zurückliegen. Ich sehe Bilder von einer friedlichen Insel, in all ihrer Pracht. Manchmal ist es, als würde ich in den Baumkronen sitzen, oder noch weiter entfernt, und mich selbst beobachten, ein Punkt am Ufer, so klein, dass ich kaum etwas erkennen kann. Da sitze ich, in einer anderen Zeit, und schaue aufs Meer, schaue zum Horizont, als würde ich darauf warten, dass die Sonne zum letzten Mal im Meer versinkt. Je weiter alles zurückliegt, desto schillernder die Farben, desto lauter der Gesang der Vögel, desto schriller mein Lachen, es hallt noch von den Wänden, wenn ich aufwache. Manchmal tragen mich die Träume so weit in die Vergangenheit, dass ich nicht mehr zurückfinde. Ich sehe mich durch den Wald laufen, vielleicht stunden-, vielleicht tagelang, sehe mich im Fluss baden, sehe mich tanzen, sehe mich mit den anderen, wie wir lachen, wie wir uns an den Händen halten, spüre Berührungen auf meiner Haut, ich sehe das Feuer und spüre die Hitze, ich sehe die Sterne, sie leuchten so hell wie nie zuvor. Ich weiß nicht, wie lange ich schlafe, erwache oft mit trockener Kehle, einem schweren Kopf und so schlimmem Hunger, dass ich fast nicht mehr aufstehen kann, so schwach machen mich diese Träume, sie saugen mich aus.

27

Die Sternbilder verändern sich. Jeden Tag sehen sie anders aus. Die altbekannte Ordnung gilt nicht mehr. Ich versuche sie zu finden, versuche Schriftzeichen zu erkennen, aber nichts. Da ist nur ein schwarzer Himmel, übersät mit funkelnden Punkten. Die Insel verschluckt mich. Ganz langsam rückt sie näher. Die Äste greifen nach mir. Jeden Tag hängen sie tiefer, die Stämme aufgerichtet, wie Speere, zum Kampf bereit. Der Fels kommt auf mich zu, fast sitzt er mir im Nacken. Das Meer rauscht und tobt, die Tiere kreisen mich ein. Sie sitzen vor meinem Tor und warten.

28

Die letzten Tiere sind verstummt. Von einem Tag auf den anderen. Keine Vögel, Zikaden, keine Frösche und Reiher. Kein Schnattern, kein Kreischen. Nichts ist zu hören. Kein Rascheln, kein Knacken. Nicht einmal der Wind, denn es gibt keine Blätter und keine Sträucher mehr, die im Wind rascheln würden. Ich warte, jeden Tag, wandere den Wachturm hinauf und hinunter, höre auf jedes Geräusch. Doch es ist nur meine Festung, die knackt, nur zerbrochene Äste, die im Wind schlagen.

Das Ende oder: Der Klang der Welt

Die Angst kam langsam, kam aus der Dunkelheit allmählich ins Licht. Zunächst war sie kaum zu erkennen, aber sobald sie aus dem Schatten trat, war sie nicht mehr abzuschütteln, nahm sie alles in Besitz, was ihr im Weg stand. Ihre Gestalt ein Umriss, nur zu erahnen; sie wanderte im Zwielicht, auf und ab. Sie trieb sich in einem der Häuser herum und blickte durch einen Spalt nach draußen. Ein Haus reihte sich an das nächste, dicht um eine Feuerstelle herum. Jedes hatte das andere im Blick. Hier hatte es sie einmal gegeben: die Gemeinschaft. Aber jetzt war niemand mehr hier, nur sie war zurückgeblieben. Zurückgelassen. Verlassen. Sie suchte nach den Spuren, suchte die Vergangenheit, suchte nach dem, was alles verband. Bei jedem Geräusch hielt sie inne. War da noch jemand, kamen sie doch wieder zurück?

Die Angst kroch in den Körper, sie nistete in den Eingeweiden, sie bohrte sich in die Haut, bohrte sich in die Träume, in jeden Gedanken, brachte alles aus den Fugen. Alles, was war, alles, was kommt, brüchig geworden. Die Blüten hatten ihre Farbe verloren, die Blätter schwarz, etwas ging vor sich. Es wurde immer enger, es wurde dunkler, es wurde still.

Sie ging von Haus zu Haus, durchquerte hier einen Raum, öffnete dort eine Tür, ging die Wege entlang. Etwas stimmte nicht. Etwas hatte sich verschoben. Sie war all diese Wege schon vor langer Zeit gegangen, erst jetzt erkannte sie das Dorf. Sie war hier gewesen, lange bevor sie dem Mann begegnet war. Die Erinnerungen überlagerten sich, kamen in Bildern, die sich wieder verflüchtigten. Stimmen mischten sich dazu, verschwanden wieder. In ihren Träumen versuchte sie, die Bilder festzuhalten, aber schon beim ersten Tageslicht wurden sie unscharf. Jeden Tag schlief sie in einem anderen Haus. Die Leere kreiste sie ein, das Knarren des Holzbodens, der Wind, der über das Dach fuhr und die Türen auf- und zuschlug. In den Häusern gab es nur wenige Spuren. Da lag eine rostige Axt, dort eine Trommel, ein Messer, stand eine Schüssel, lag eine Schnur. Hier hatten Menschen gelebt und gearbeitet, hier hatte es einmal eine Gemeinschaft gegeben.

Sie nahm die Axt in die Hand, fuhr die Klinge entlang, Rostspuren blieben auf ihrem Finger zurück. Ein Geräusch kam ihr in den Sinn, dieses Geräusch, wenn ein Gegenstand Haut und Knochen durchtrennt. Sie erinnerte sich an einzelne Gesichter, manchmal tauchten sie aus der Dunkelheit auf, schwirrten vor ihrem Auge. Sie erinnerte sich an den Geruch der Nacht, rauchig und süß, an all diese Menschen, denen sie nahe gewesen war, ein Band, das sich in der Dunkelheit verlor. Aus ihren Gesichtern waren Fratzen, aus ihren Gesängen Schreie, aus ihren Händen Waffen geworden, dann verschwand alles wieder in der Dunkelheit und kam in einem anderen Traum verändert zurück. Ein Kreisel der Erinnerung, der zu tanzen begann und seine Form veränderte, mit jeder Bewegung entstand eine neue Figur, ein anderes Bild, eine andere Vergangenheit. Der Mond hatte sich schlafen gelegt, die Nacht war dunkel und finster. Sie blickte durch die Ritzen nach draußen in den Wald, ein Knacken war zu hören, weit aus der Ferne, und das Rauschen des Meeres, das alle anderen Geräusche verschluckte, bis sich alles darin wiegte, bis sich alles verband zu einem einzigen Klang.

◆ ◆ ◆

In dieser einen Nacht, es ist lange her, als wären schon mehrere Leben vergangen, leuchtete das Feuer hell in der Dunkelheit. Sie war von einem Geräusch aus dem Schlaf gerissen worden, sie hatte die Tür aufgeschlagen, war nach draußen gelaufen. Die Flammen züngelten hoch in den Himmel, ihr Licht stach in den Augen, so gleißend hell war es. Zu hören war ein leises Sirren, ein Wimmern, immer wieder ein Knacken, ein gellender Schrei. Dann Stimmen, die lauter wurden, Schreie, dann hörte sie Schritte, hörte sie Schläge. Hier hatte alles seinen Anfang genommen oder: Hier hatte alles sein Ende gefunden. Sie blickte starr in die Dunkelheit. Ihr

Herz blieb stehen, für einen Moment, dann begann es wieder zu schlagen, pulsierte es in ihrer Brust, als würde sich etwas fortsetzen. Doch die Welt, die sie kannte, war mit einem Mal zu Ende gegangen. Sie ging weiter, hinaus in die Nacht, und sah den Platz, sah all das vor sich, was nicht hätte sein dürfen. Da standen sie und töteten all jene, mit denen sie bis vor Kurzem noch gesprochen, gegessen und getanzt hatten. Sie trat zurück und versteckte sich hinter ihrem Haus. Dann wurden die Geräusche dumpfer, das Wimmern wurde leiser, die Schreie verstummten. Sie hörte nur noch ihren eigenen Atem, das Pochen in ihrer Brust. Ihre Kehle verengte sich, sie bekam kaum Luft. In den Häusern war es still geworden. Ob da noch jemand schlief? Eine Wolke legte sich über den Mond und verschluckte das letzte Licht.

Reglos blieb sie hinter dem Haus stehen. Wohin den nächsten Schritt setzen? Die Wolken zogen weiter, gaben das Mondlicht wieder frei. Langsam bewegte sie sich rückwärts, sie hörte eine Stimme, die näher kam. Sie lief in ihr Haus, nahm alle Waffen, die sie finden konnte. Es blieb ihr keine Zeit. Sie rannte aus dem Haus, rannte aus dem Dorf, so schnell sie konnte, bis sie atemlos den Wald erreichte und hinter den Bäumen in Deckung ging. Sie hielt sich an einem Baum fest und blickte auf das Dorf, das nicht mehr zu ihr gehörte, sie blickte auf die Schatten der anderen, die sie nicht mehr wiedererkannte. Jetzt standen sie vor ihrem Haus und suchten nach ihr. Sie schwangen ihre Äxte durch die Luft. Sie konnte nicht fassen, was sie gesehen hatte, wie ein Traum, den man nicht entschlüsseln konnte und der nach dem Erwachen nur Dunkelheit zurückließ. Dieses Mal würde die Dunkelheit bleiben, würde nichts wieder so sein wie zuvor. Ein letztes Mal blickte sie zurück. Die Flammen schlugen aus dem Fenster, der Rauch stieß in den Himmel, der so hell erleuchtet war, als würde die ganze Insel in Flammen stehen. Und dann lief sie los. Der Wald öffnete seine Arme, fing sie auf, und sie lief geradewegs in das Ungewisse.

In dieser Nacht waren die Sterne heller als in allen Nächten zuvor. Sie leuchteten und funkelten, als wollten sie ihr den Weg weisen. Es war so unglaublich still und ruhig, als würde sich die Welt einfach weiterdrehen, obwohl sie doch innehalten müsste, wenigstens für einen Moment, wenigstens für die Toten. Mitten im Wald lief eine Gestalt um ihr Leben. Sie rannte und rannte, immer weiter, geradeaus, immer weiter in den Süden. Mit sich hatte sie eine Axt, einen Hammer, rostiges Werkzeug, Nägel, ein paar Gewehre, mit sich hatte sie die Angst und das Schlagen ihres Herzens, ein Beben, das sie antrieb und ihre Lungen fast zum Bersten brachte. Sie spürte die kalte Klinge der Axt und hörte das metallische Klirren der Nägel, hörte sich selbst nach Luft ringen, die Äste, die unter ihren Füßen zerbrachen. Die Blätter schlugen ihr ins Gesicht, manchmal stach sie etwas und hinterließ einen brennenden Schmerz, sie stolperte über die Wurzeln, rannte gegen Bäume und Sträucher. Sie war davon überzeugt, dass ihr nichts übrig blieb, als ins Meer zu springen, das war der einzige Ausweg. Irgendwo musste doch ein anderes Land, ein neuer Anfang möglich sein. Sie lief weiter, immer weiter in den Wald hinein, ihre Haut war aufgesprungen, die Schultern und Hände blutig und zerschürft, ihre Beine schmerzten, jeder Atemzug stach in ihrer Lunge, sie hörte die Schritte, die Äste, die Blätter, manchmal hörte sie etwas im Dickicht. Und wie sie immer weiterlief und sich immer weiter von ihrem Dorf entfernte, wurde ihr schwer ums Herz und immer schwerer. Der Gedanke, zu fliehen, sich im Dunkeln ins Wasser zu stürzen, schnürte ihr den Hals zu, drückte sich gegen ihre Brust, raubte all ihre Kräfte, nahm ihr die letzte Luft zum Atmen, bis die Beine unter ihr wegbrachen und sie auf die Erde stürzte, im Dreck lag und weinte. Da erkannte sie, dass sie nichts von hier wegbringen konnte. Sie gehörte zu dieser Insel, und die Insel gehörte zu ihr. Aus der Stille schälten sich leise Geräusche. Die Äste bewegten sich zaghaft im Wind, kamen näher, spannten ihr Blätterdach über sie. Im Mondlicht konnte sie ein paar Schatten ausmachen, die über die Äste wanderten. Sie war nicht allein, hier würde sie niemals allein sein.

Stundenlang lief sie durch den Wald, konnte kaum noch atmen. Der Weg kam ihr bekannt vor, doch sie konnte sich nicht daran erinnern, jemals hier gewesen zu sein. Zwischen den Blättern und Ästen leuchtete es, dünne Fäden hingen an den Baumstämmen, und Leuchtkäfer flogen von einem Ast zum nächsten. Manchmal war ein Rufen auszumachen, manchmal lief etwas verschreckt durch das Gebüsch. Bei jedem Rascheln zuckte sie zusammen, pochte ihr Herz. Das Rauschen des Meeres wurde lauter, je weiter sie in den Süden kam, und verschluckte allmählich die Geräusche des Waldes. Sie musste schon fast am Ufer sein. Vor Erschöpfung lehnte sie sich gegen einen Fels, der steil nach oben ragte. Als sie sich mit der Hand abstützen wollte, griff sie ins Leere. Da war ein Eingang. Sie schlug ein paarmal fest gegen den Fels, und erst als sich nichts darin regte, kroch sie erschöpft in die Höhle hinein. Kalt war es, unheimlich und feucht.

Im Versteck nahm die Dunkelheit vollkommen überhand, sie konnte ihre eigene Hand nicht mehr erkennen. Hier war nichts zu hören, nur ihr eigenes Echo, ihr Atem, das Scharren ihrer Beine, als sie über den Boden kroch. Sie legte sich hin und versuchte zu schlafen, doch je später es wurde, desto kälter wurde es. Sie hatte nichts bei sich. Keine warme Kleidung, keine Decke, sie konnte kein Feuer machen. Was für eine Leere sie plötzlich umgab. Hier fehlte es an allem. Das Licht aus den Häusern fehlte, die Stimmen, die Wärme, das Feuer. Der Gesang fehlte und die Musik, der leise Rhythmus der Trommeln. All das war für immer verloren. Hier gab es nur noch sie und die Tiere, die draußen vor ihrer

Höhle erwachten, durch den Wald schlichen, auf der Suche nach Nahrung. Die Geräusche wurden lauter, als wären sie vorher verstummt, als noch ihre Schritte im Wald zu hören waren. Überall hörte sie es jetzt rascheln, schnattern und raunen. Große Körper, die aufsprangen und wieder auf den Boden prallten, schnelle Schritte, auf der Flucht oder auf der Jagd. Kleine Körper, die sich durch das Gebüsch bewegten, sich über die Erde schlängelten, die durch die Luft flatterten, an den Stämmen und Ästen entlangkrochen. Die Geräusche schwollen an und bekamen eine Kraft, die sie niemals zuvor gespürt hatte. Vielleicht kannten sie hier keine Angst, vielleicht gehörte dieser Teil der Insel den Tieren. Sie zog sich zurück, kauerte sich in die letzte Ecke der Höhle, wo die Laute abnahmen, ein wenig leiser wurden, harmloser klangen. Der Boden war hart und kalt und der Staub überzog ihre Kleidung, ihre Haare und Haut. Sie starrte in die Dunkelheit und dachte an die Flammen, an den Rauch, an diesen Blick in ihren Gesichtern, an dieses leise Wimmern und daran, dass auch diese Nacht zu Ende gehen würde. Jeder Nacht folgt ein neuer Tag.

Als es hell wurde, veränderte sich die Landschaft. Aus den bedrohlichen Schatten der Nacht wurden Bäume mit weitverzweigten Ästen und einem Dach aus Blättern. Palmenhörnchen kletterten an den Stämmen entlang, die Vögel sangen durcheinander, dann fanden ihre Melodien wieder zu einem gemeinsamen Lied, es klang wie ein Neuanfang.

Sie sammelte Äste, Sträucher und Laub, verbaute den Eingang zur Höhle, bis er nicht mehr zu erkennen war. Nicht weit vom Felsen entfernt fand sie ein kleines Reisfeld. Als sie näher kam, verstummte das Schnattern der Frösche. Es war verwahrlost, die Pfade ausgetreten, überall Dreck und Laub, abgebrochene Äste. Es durfte nicht allzu lange her sein, dass hier jemand gearbeitet, vielleicht irgendwo gewohnt hatte.

Tag für Tag eroberte sie sich weiter ihren Raum, sie hatte Nahrung und einen Schlafplatz, das war das Wichtigste. Morgens im Halbdunkel schlich sie zum Reisfeld, erledigte schnell ihre Arbeiten und ging wieder zurück. In der Höhle baute sie einen Tisch, einen Stuhl und Gefäße, machte alles so leise wie möglich, hämmerte nur, wenn ein Gewitter hereinbrach oder der Regen auf die Blätter schlug. Dann fügte sie sich ein und hämmerte im Takt des Regens, bis alles eins wurde und nicht mehr vom anderen zu unterscheiden war. Erst als es aufhörte, lösten die einzelnen Töne sich wieder auf, und sie verstummte wieder, legte sich schlafen und starrte stundenlang in die Dunkelheit. Jedes Mal, wenn sie es knacken hörte, zuckte sie zusammen, pochte ihr Herz, begann sie am ganzen Körper zu zittern. Ihre Gesichter tauchten in der Dunkelheit auf, sie starrten sie an aus finsteren Augen, richteten ihre Waffen auf sie, kamen näher und immer näher. Kurz bevor sie zustachen, wachte sie schweißgebadet auf, das Rascheln und Knacken im Ohr, umgeben von dieser

Dunkelheit, die sie im Ungewissen hielt und jede Gefahr überdeckte, und dann weinte sie wieder, weinte sich von einem Traum in den nächsten, in der Brust eine solche Enge und so tiefe Einsamkeit, nie zuvor hatte sie so viel Schmerz empfunden. All das war wirklich passiert, es gab kein Zurück.

Sie hatte immer wieder alles durchgespielt, versuchte sich zu erinnern, versuchte, zu verstehen, die Vorboten auszumachen. Welche kleinen Hinweise hatte sie übersehen? Was war passiert an jenem Tag? Was verband jene, die getötet wurden, und was trennte sie von jenen, die töteten? War diese Verachtung schon vorher in ihren Blicken gewesen, dieses Lächeln um ihre Mundwinkel, als hätten sie Spaß daran, all diese Körper zu vernichten, alles zu zerstören, was sie verbunden hatte. Sie hatten doch zusammengelebt, tagein und tagaus. Sie hatten doch Tür an Tür gelebt, sie hatten doch gemeinsam gelacht und getrauert. Wo hatten sie den Hass all die Jahre aufbewahrt? Was hatte sich verändert?

Ihre Gedanken zogen Kreise, wanderten immer wieder in die Vergangenheit, brachten Bilder zutage, Gesprächsfetzen, Gesichter und Berührungen, sie blitzten kurz auf und verschwanden wieder, da waren keine Vorboten zu finden, keine Erklärungen auszumachen, zurück blieb nur der Anblick dieser Nacht, nur diese Angst, diese Leere, die sich mit nichts mehr füllen ließ, zurück blieb das Unabänderliche.

Die Zeit zerrann wie Sand zwischen den Fingern. Sie konnte dabei zusehen, wie die Sonne aufging und wieder unterging, als lägen nur ein paar Minuten dazwischen, wie die Tiere sich vermehrten und starben, wie die Blüten sich aufrichteten, wieder welkten und schließlich verblassten. Anfangs hatte sie Aufzeichnungen gemacht, jeden Tag notiert, aber als bereits viele Wochen vergangen waren, hatte sie damit aufgehört. Es änderte doch nichts, wenn sie wusste, wie viele Tage sie nun schon im Süden war und wie viele Tage noch kommen würden, die Zeit hatte sich aufgelöst, sie war zerbrochen, ausgeronnen, war im Erdboden versickert. Die Zeit war doch nur ein erdachtes Gerüst, das zusammenstürzt, sobald die Vergangenheit keinen Bestand mehr hat. Allmählich verschwanden die Gesichter, verschwanden die Stimmen, das Gelächter, die Melodien ihrer gemeinsamen Lieder, verschwanden die wenigen Bilder, die ihr noch geblieben waren. Bald war das Dorf so weit weggerückt, dass sie selbst nicht mehr wusste, ob es je existiert hatte, und es fühlte sich an, als wäre sie vollkommen allein auf der Insel.

Eines Tages bemerkte sie, dass sich der Geruch verändert hatte, etwas hatte sich eingefügt, was ihr noch unbekannt war. Sie ging durch den Wald, behutsam trat sie auf die Erde, verharrte wieder und lauschte, ob sich irgendwo etwas regte. Sie kam zum Reisfeld, der Geruch wurde stärker und sie sah kleine schwarze Stiele, die sich aus der Erde schlugen. Sie wunderte sich, hatte aber keine Ahnung, um welche Pflanzen es sich handelte, und ging wieder zurück. Jeden Tag beobachtete sie ihre Entwicklung. Wie sie zuerst einen kleinen Rumpf in die Höhe streckten, dann ihre Blätter entfalteten, wie sich dann langsam eine Blüte aus der Knospe formte, aus schwarzen Blättern, die violett im Sonnenlicht glänzten. Zwei Augen waren darin und lange Bartfäden, die sich nach außen richteten. Sie hatte nie zuvor so etwas gesehen. Sie sahen aus wie Fledermäuse, wie Dämonen, wie dunkle Wesen aus einer anderen Welt. Es roch nach Fäulnis und Tod, wenn sie in ihre Nähe kam. Sie konnte den Anblick nicht mehr ertragen, riss die Pflanzen aus der Erde und verbrannte sie, doch kaum waren ein paar Tage vergangen, waren wieder neue Stiele da. Sie streckten sich mit voller Kraft aus der Erde, mit jedem Mal wuchsen sie schneller, waren sie noch dunkler, noch unheimlicher geworden. Sie riss ihre Wurzeln aus, grub die Erde um, aber sie kamen immer wieder, bis sie es geschehen ließ und die Blüten das helle Grün der Reisfelder verschluckten, mit ihrer Dunkelheit überzogen, bis alles schwarz war.

Wütend verbrannte sie die schwarzen Blüten im Feuer, ohne daran zu denken, dass der Rauch sichtbar sein würde. Bald war ein Knacken im Wald zu hören, das waren keine Tiere, hörte sie Schritte? Sie wartete ab, bis sie ein Muster ausmachen konnte. Es mussten Jagdrouten sein. Sie konnte sich nicht daran erinnern, dass jemals jemand in den Süden gegangen wäre. Man erzählte sich Geschichten von Geistern, die sich im Wald verschanzt hätten. Sie sagten, dass die Geister in den Baumkronen schliefen, durch die Wälder liefen, auf der Suche nach Zuflucht, sie jagten die Lebenden, bis deren Seelen ihre Körper verließen. Immer wieder einmal war jemand verloren gegangen, der es doch gewagt hatte, in den Süden zu gehen, sein Körper verschwunden, niemand hatte danach gesucht. Wahrscheinlich glaubten sie jetzt an nichts mehr, nicht mal an die eigenen Geschichten, jetzt glaubten sie nur noch an sich selbst.

Aus der Ferne hörte sie einen leisen Gesang, so schön und zerbrechlich, wie lang hatte sie keine andere Stimme mehr gehört. Der Geruch nach Rauch stieg in ihre Nase, sie musste schnell wieder zurück. Hinter ihr ein Knacken, es war schon zu spät. Einer stand hinter ihr, er hielt einen Ast in der Hand, um nach ihr zu schlagen. Kurz standen sie sich gegenüber, als wären sie Fremde. Sein Gesicht war nicht wiederzuerkennen, etwas Dunkles lag darin. Sie starrte ihn an und schüttelte den Kopf. Dann fuhr die Angst wieder in ihren Körper, breitete sich aus, ihr Herz raste, sie sprang über die Wurzeln und Äste, lief so schnell sie konnte und blickte erst zurück, als sie die Höhle erreichte. Niemand war ihr gefolgt. Sie legte die Sträucher über den Eingang, bei jedem Geräusch schreckte sie auf. Die Angst war wieder tief in sie hineingekrochen, sie war nicht mehr abzuschütteln. Nachts fiel sie von einem Traum in den nächsten, immer waren sie hinter ihr her, ihre Gesichter schwirrten auf sie zu, sie packten sie am Hals und würgten sie, es gab kein Entrinnen.

Tag für Tag beseitigte sie alle Spuren, die zu ihr führen könnten. Tag für Tag rückten sie näher. Der Gesang war jetzt öfter zu hören. Die Trommeln wurden lauter. Die Lieder hatten sich verändert, waren dunkler geworden und klangen wie eine Drohung. Wenn der Wind drehte, konnte sie ihr höhnisches Lachen hören. Ihre Wege führten immer weiter zu ihr, ganz dicht an ihrer Höhle vorbei. Bestimmt suchten sie nach ihr. Jedes Mal, wenn sie durch den Wald ging, fand sie neue Spuren in der Erde, so tief, dass sie tagelang zu sehen waren. Manchmal hörte sie es knacken im Wald, dann wieder ein Rufen, ein Flüstern, die Stimmen kamen von überall.

Sie verließ die Höhle nicht mehr, grub sich ein in der Dunkelheit. Sie bewegte sich nicht, traute sich kaum noch, zu atmen. Nachts lag sie wach, die Geräusche von draußen rissen sie aus dem Schlaf. Die Wände rückten näher. Die Luft wurde dünner.

Eines Nachts rumorte der Wald so laut, alles bewegte sich, und die Tiere schrien und heulten, liefen wild durch die Äste. Sie vergrub sich immer weiter, versteckte sich im letzten Winkel ihrer Höhle, bis die Stimmen immer lauter wurden, bis sie einen Schlag hörte, bis sie hereingekrochen kamen und sie hinauszerrten.

Ihre Speere auf sie gerichtet, die Spitzen so scharf, nur ein sanfter Stoß hätte gereicht, um sie sofort zu töten. Sie schleiften sie über den Boden, schlugen ihr ins Gesicht, ihre Stimmen ein dunkles Flüstern, sie verstand nicht, was sie sagten. Sie trugen Masken, aber sie erkannte sie doch alle, am Klang ihrer Stimmen, an den Bewegungen, an ihren Narben und Kleidern. Sie kannte ihren Geruch, noch immer, sie wusste genau, wer ihr ins Gesicht schlug, wer auf sie spuckte, wer seinen Fuß in ihren Bauch stieß. Sie trugen die Masken, die ihnen Dämonen vom Leib halten sollten. Jetzt waren sie selbst zu Dämonen geworden, ihre Gesichter zu Fratzen verzerrt, mit hervorstehenden Augen, mit Flammen und Schlangen auf ihren Köpfen, mit spitzen weißen Zähnen, die in der Dunkelheit leuchteten. Sie schlugen ihr auf den Kopf, traten ihr in den Magen. Sie fesselten ihre Arme und Beine, einer hatte schon damit begonnen, in ihr Fleisch zu schneiden, einen tiefen Schnitt über ihr Bein, einen Ring um ihren Knöchel, und dann drehten sie ihren Körper und schnitten weiter, fuhren mit der Klinge den Rücken hinauf. Das Feuer flackerte, und sie sah die Gestalten vor sich, wie sie langsam verschwammen und unkenntlicher wurden, als würden sie sich in der Dunkelheit auflösen. Sie spürte, wie das Blut aus ihr herausfloss, wie ihre Kraft sie verließ mit jedem Blutstropfen, den sie verlor. Sie sah die Sterne über sich, sah sie leuchten, während der Schmerz ihren Körper durchdrang, und wie ein Stern am Himmel erzitterte, fast als würde er fallen, aber er hielt sich noch fest, er hielt sich gerade noch fest, er klammerte sich an die Dunkelheit. Sein Licht wurde schwächer, er blitzte noch einmal auf, dann verschwand er aus ihrem Blick. Ihre Schreie stachen in den Ohren, der Schmerz pochte und brannte, aber es war, als stünde sie daneben, als wäre sie gar nicht dort. Ihre Stimmen wurden leiser, klangen dumpf und fern, ein Gewirr aus unverständlichen Sätzen, als hätten sie ihr die Sprache mit den Klingen aus dem Körper geschnitten.

Sie hatten sich in Tiere verwandelt, ein Rudel im Kampf um die Beute. Sie hatten sich über sie gebeugt, machten sich an ihr zu schaffen. Sie konnte sie nicht mehr voneinander unterscheiden, überall an ihrem Körper spürte sie Hände, die eisige Kälte der Klinge, die an ihr entlangglitt. Die Schritte im Wald wurden lauter, die Rufe schriller, der Schmerz lähmte ihren Verstand, wurde unerträglich, bis er einfach verschwand und alles miteinander verschmolz. Die Schreie der anderen mit den Rufen der Vögel, die Trommeln und ihr Keuchen mit dem Donner, der eingesetzt hatte, das Knacken des brennenden Holzes, aufgelöst im Rauschen des Regens, im Rauschen des Meeres, im Rauschen des Windes, die Schritte nicht mehr zu unterscheiden von den Schlägen. Alles wurde eins. Sie selbst konnte nicht einmal mehr sagen, ob sie schlug oder geschlagen wurde, ob sie schnitt oder zerschnitten wurde, ob sie tötete oder getötet wurde.

Da lag sie also, in dieser einen Nacht, zerschnitten, zerstört, in ihrem eigenen Blut. Wie schnell doch ein Leben zu Ende war, wie schwach ein Körper und wie wenig doch nötig war, um ihn auszulöschen und für immer zu vernichten. Ihr Körper unbrauchbar geworden, eine leere Hülle. Wie beengend doch ihr Körper gewesen war, wie sehr er sie begrenzt hatte. Schlagartig war es still geworden. Alles verstummt. Sie erwachte allein und verlassen im Wald. Das Mondlicht drang durch das Blätterdach, die Bäume warfen lange Schatten, die Palmen erstarrt, als würden sie auf etwas warten, ein Lichtmuster wie eine Kriegsbemalung war auf ihren Blättern zu erkennen.

Nichts bewegte sich. Für einen Moment war die Welt wie erstarrt. Sie hörte nur ihren eigenen Atem, ihre Schritte über den Boden schaben, hörte ein Keuchen, es kam tief aus ihrer Brust. Sie richtete sich auf, ging durch den Wald, die spitzen Steine bohrten sich in ihre Füße, sie ging ans Ufer, das dunkle Meer lag vor ihr. Da war kein Rauschen, da war nichts zu hören. Sie blickte zum Himmel, dort leuchteten die Sterne wie eh und je, als hätte sich nichts verändert, die Welt sich keinen einzigen Millimeter weitergedreht. Dann zog sich eine feine Linie über den Himmel, teilte ihn in zwei Hälften und versank wieder im Meer. Es folgte ein Schlag, so laut, dass ihre Ohren beschlugen, ein Tosen, ein Beben, als wäre etwas zerbrochen. Ihr ganzer Körper setzte sich in Bewegung – oder bewegte sich alles andere und nur sie war es, die stillhielt? –, ein Pochen durchfuhr sie, ihre Muskeln zuckten. Dann sah sie die Wellen, von weit draußen, sie kamen näher, wurden höher und höher, ganz langsam und lautlos. Kurz bevor sie das Ufer erreichten, fielen sie in sich zusammen und zogen sich mit einem lauten Tosen zurück. Es hörte sich an, als wäre die Welt zum Leben gekommen. So neu war der Klang des Meeres. Es hörte sich an wie das Rauschen des Windes, wenn er durch die Bäume fährt, jedes einzelne Blatt zum Tanzen bringt, wie die Natur, die erklingt.

Sie ließ das Meer hinter sich, wandte sich um, der Insel zu, kleine Lichtpunkte tanzten über ihr, führten sie geradewegs hinein in den Wald. Sie kämpfte sich durch das Geäst, mit der Axt schlug sie alles ab, was ihr im Weg stand, der Hunger trieb sie an. Von den Bäumen drangen zarte Melodien zu ihr, jemand sang ein Lied, es kam ihr so bekannt vor, sie konnte kaum erkennen, was vor ihr lag.

Rot ist die Farbe des Feuers

1

Wenn jemand stirbt und liegen bleibt, wenn niemand seine Leiche findet, kriechen die Geister durch die Öffnungen in den Körper. Wenn sie sich darin ausbreiten, wenn sie zum ersten Mal durch die Augen der Toten auf die Welt sehen, verdunkelt sich ihr Blick und dann tanzen sie über die Wellen des Meeres, dann spielen sie mit dem Feuer, dann hört man ihr Lachen von überall. Sie klingen wie kleine Kinder im Spiel oder wie die Erinnerung daran, ein weit entferntes, dumpfes Stimmengewirr.

2

Der Nachthimmel hängt blass über mir, ich folge den letzten Lichtpunkten, die aufblitzen. Sie funkeln nicht mehr, ein Abglanz von dem, was mal war. Sie haben sich getäuscht. Es ist nicht die Zukunft, die festgeschrieben ist, es ist die Vergangenheit, in die wir blicken und sich nach und nach vom Himmel löst, bis wir in die Dunkelheit sinken. Die Festung ist alles, was bleibt. Sie fängt mich auf, nimmt mich in Schutz, hält alles von mir ab. Ich durchschreite sie, vermesse ihre Weiten. Sie wird größer, komplexer, undurchdringlicher, meine

Stimme hallt als Echo durch die Gänge, die Mauern sind hart und kalt. Dann zieht sie sich wieder zusammen, kreist mich ein, fast berühren mich die Wände, fällt das Dach auf mich herunter, wird mir jede Luft zum Atmen genommen. Ich blicke durch die Spalten und Löcher nach draußen, aber nichts regt sich. Die Festung ist alles, was bleibt, wenn auch ich verschwunden bin, der einzige Beweis, dass hier einmal jemand gelebt und gekämpft hat.

3

In der Kammer ist es dunkel. Ich nehme das Licht und zähle, was bleibt. Da gibt es noch etwas Fleisch und Trockenfisch. Die Reste eines Languren, die nicht mehr lange halten. Alles andere ist schon verbraucht. Der Geruch nach kaltem Blut, nach Verwesung erfüllt den Raum. Ich hatte nie Vorräte angelegt, der Wald war mir genug, alles, was ich brauchte, war da, bis es zu spät war, um Vorräte anzulegen. Ich nehme, was ich als Erstes in die Finger bekomme, nage alles ab bis ganz auf die Knochen. Noch lebe ich. Solange es Leben gibt, solange ich töten kann, solange ich fressen kann, werde ich weiterleben.

4

Ich laufe zur Grenze hinauf. Das Skelett steht noch dort, und der Schädel blickt mich an, er hat seinen Kopf zur Seite geneigt. Aus seinen Augenhöhlen kriechen schwarze Käfer. Ich stelle mich neben ihn und breite die Arme aus. Jetzt gehört sie mir, diese Insel. Jetzt ist niemand mehr da. Jetzt bin nur noch ich es, die geblieben ist. Und dann beginne ich zu singen, ein Lied, das ich schon lange vergessen hatte, die Melodie hörte ich im Traum. Es erzählt vom Meer und von der Sonne, vom Mond und den Sternen. Und es erzählt von einem Geist, der die Sterne vom Himmel stahl, bis die Nacht kahl und leer war. Und dann war er so müde, so unendlich erschöpft, dass er sich auf die Sichel des Mondes legte, um sich auszuruhen. Aber er hatte vergessen, wie scharf die Kanten sind. Er schlief tief und fest, während die unruhigen Träume seinen Körper über die Sichel wälzten. Die Kanten schnitten in seine Haut, schnitten seinen ganzen Körper auf, bis er bewusstlos vom Mond fiel und still im Meer versank.

5

Sie sind verschwunden, aber ihre Spuren sind geblieben. Ihre Fußabdrücke in der Erde, ihre verkohlten Baracken, ihre Knochen in der Asche. Sie haben die Wälder gerodet, die Geister geweckt, Bäume und Steine in Waffen verwandelt, Tiere geschlachtet, Felder bestellt und Herden gezüchtet. Jetzt sind sie einfach verschwunden und hinterlassen eine klaffende Lücke. Ihre Schriftzeichen sind noch in den Baumrinden, und in manchen Höhlen findet sich ein verlassenes Versteck, am Ufer die Reste eines zerstörten Schiffes und manchmal im Wald ein Stück Stoff, ein Schuh, ein Pfeil, eine Feder. Sie sind verschwunden, und mich haben sie zurückgelassen.

6

Es war einmal eine Insel. So begannen viele Geschichten. Es war einmal eine Insel, und auf dieser Insel gab es alles, was man sich vorstellen konnte. Sie leuchtete in allen Farben, und die eigentümlichsten Wesen lebten dort, ein Kunstwerk, einmalig und von unbeschreiblicher Schönheit. Dann kamen die anderen, sie waren hungrig, sie jagten und zerstörten, bis die Insel immer weniger wurde. Bis jedes Licht verschwunden war. Kein Feuer ließ sich mehr entzünden, und ihre Stimmen hallten durch die Dunkelheit, sie sangen ein Klagelied, das kein Gehör mehr fand. Die Götter hatten sich lange schon abgekehrt. Es war einmal ein Geist, der sich durch die Insel schlug, immer auf der Flucht, immer auf der Suche. Er war allein, wie jeder Geist allein ist, er kehrte immer wieder an denselben Ort zurück. Er wusste, dass etwas zerbrochen war, und suchte nach den Scherben, suchte nach dem Licht. Er lief durch die Wälder, lief über das Meer, er tanzte über die Baumkronen, bis er das Licht am Nachthimmel fand. Er sprang von einem Stern zum nächsten, die unter ihm wegbrachen und im Meer versanken. Er sprang immer weiter hinauf, bis er die Sichel des Mondes erreichte. Dann legte er sich hin, umklammerte das Licht und schlief ein. Er wachte nie wieder auf.

7

Sie sagen, die Geister sind einsame Gestalten, ruhelos irren sie durch die Wälder. Sie glauben, dass sie leben, aber sie sind lange schon tot, sie glauben, dass sie arbeiten, doch die Arbeit nimmt kein Ende und verfolgt kein Ziel. Sie glauben, dass noch jemand bei ihnen ist, doch sie sind allein, da ist niemand mehr. Sobald sie in einen neuen Körper schlüpfen, wiederholen sie alles noch einmal und wieder und wieder.

8

Der Pfad hat sich verändert, oder bilde ich mir das nur ein? Er führt von meiner Festung hinein in den Wald, aber dieses Mal gibt es eine Abzweigung. Zarte Fußabdrücke sind in der Erde zu erkennen, und eine rote Feder liegt auf dem Boden. Der Pfad führt zu einer Höhle, der Eingang so klein, dass ich nur mit Mühe hineinpasse. Es ist dunkel und feucht. Nichts ist zu hören. Keine Stimmen. Kein Atmen. Keine Schritte. Der Weg führt noch ein Stück weiter in die Höhle hinein, und das Licht schwindet allmählich, bis ich nichts mehr erkennen kann. Ich taste mich durch die Höhle, an den Felsen entlang. Ich ertaste etwas Kaltes, Glattes. Es ist eine Stirn, eine Nase, ein Mund.

9

Ich erinnere mich. An eine Hand, die über mein Gesicht streicht, den Atem auf meiner Haut, den Herzschlag an meinem Ohr. Ich erinnere mich an das Geräusch der Schritte, den Klang der täglichen Arbeit, das Knistern des Feuers, an Stimmen, die lauter und leiser wurden. Ich erinnere mich an diese Wärme, die sich in meinem Körper ausbreitete, und wie sie sich wieder verflüchtigte und eine Kälte über meine Haut kroch und nicht mehr verschwand. Jetzt dringt sie in meine Poren ein, lässt mich erschaudern. Ich muss mich zusammennehmen, jeden Tag sammle ich die Teile von mir auf, die zerbrochen sind, und versuche, noch einen Tag zu überstehen, und noch einen und noch einen.

10

Ich habe wieder dieses Lied im Ohr. Die Melodie flirrt durch die Dunkelheit, manchmal entwischt sie mir, dann kommt sie wieder zurück. Ein leises Summen, tief in mir, meine Kehle vibriert, und mein Brustkorb hebt sich. Es ist ein Lied, das davon erzählt, wie alles sich wiegt, im Klang der Welt, wie alles eins wird und dann für immer verschwindet. Jetzt erinnere ich mich wieder an diesen Geruch, der alles erfüllte, diesen Geruch nach feuchter Erde, dem Salz des Meeres, den Geruch der Zimtblätter, die ich zwischen den Fingern zerrieb, den Geruch von Lotuswurzeln über dem Feuer, an das Knistern der Glut. Ich erinnere mich an die Musik in meinem Ohr, an die Stimme, die nach mir rief, so komm doch und tanz mit uns, ich erinnere mich an den Rhythmus, der unsere Bewegungen vorgab, mein Herzschlag, ruhig und sanft im Takt, der Sand unter den Füßen, die Sterne am Himmel und der Klang des Waldes, das Rauschen des Meeres, die Wärme eines Körpers, eine Hand in meiner Hand. Der Nachthimmel öffnete sich über mir, so eine Tiefe, die sich da über uns erstreckte. Kurz war ein Lichtfunken am Himmel zu sehen, der in der Dunkelheit verschwand. Etwas glühte in mir, und ich streckte meine Arme aus, atmete die Nachtluft tief in meine Lungen, es fühlte sich an, als würde ich schweben.

11

Die Sterne fallen vom Himmel. Anfangs hatten sich nur vereinzelte Lichtpunkte gelöst. Jetzt hat ein Lichtregen eingesetzt, ein Tanz, der sich am Himmel abspielt. Die letzten Spuren sind nur für einen kurzen Moment sichtbar, bis nach und nach jeder Stern den Himmel verlassen hat und im Meer versunken ist. Nur die Sichel des Mondes ist geblieben, noch immer als Fratze, sie lacht mich aus. Schon seit Wochen klebt er an derselben Stelle, als wäre die Welt stehen geblieben, als wäre sie einfach erstarrt.

12

Ich erinnere mich an den Klang der Vögel. Von jedem Ast waren die unterschiedlichsten Rufe der Vögel zu hören. Wie lange muss das her sein? Es kommt mir so unwahrscheinlich vor. Alles war erfüllt von Geräuschen. Das Flattern der Flügel, das Schaben der Krallen in der Erde. Zarte Melodien, elektrische Rhythmen, aggressives Balzen und Pfeifen. Sie hackten ihre Schnäbel in die Erde oder in einen Baumstamm, sie flogen auf und setzten zum Sturzflug an, sie raschelten im Laub, und sie zankten sich, sie hüpften in Gruppen oder flogen in Scharen, sie tauchten ins Wasser oder schliefen in den Ästen, und immer drehten sie die Köpfe, wippten sie im Rhythmus, als würde jemand einen Takt vorgeben. Dazu die Blätter, die im Wind raschelten, die Rufe der Eulen, das Schnattern der Frösche, das Zirpen der Grillen und wie alles zusammenwuchs zu einem einzigen, großen Lied.

13

Ich bleibe hier. Eingeschlossen in meiner Festung. Ich bleibe in der Dunkelheit, der Boden ist kalt unter mir. Ich sehe Bilder, kleine Mosaike, die sich immer wieder neu anordnen, sich invertieren und überlappen, aber nicht zusammenfügen. Ein hässliches Bild formt sich daraus, mit Rissen und dunklen Schattierungen. Ich sehe eine Hand, die sich zu einer Faust ballt, sie sieht aus, als wäre es meine. Ein Loch in der Erde, kleine Steinchen, die im Wind tanzen. Eine Spinne, die sich vorsichtig durch ihr eigenes Netz bewegt, sich mit ihren langen Beinchen Faden für Faden vorantastet, geradewegs auf einen Schmetterling zu, der im Netz hängt und mit den Flügeln um sein Leben schlägt. Wie hat diese Insel ausgesehen? Als es noch Farben gab, als noch etwas lebte? Dieses Bild ist verschwunden. Zurückgeblieben sind Erinnerungsschimmer. Licht und Schatten vielleicht. Ein schwarzes Loch und darin ich selbst, wie ich falle und falle, immer tiefer, bis ich mich in der Dunkelheit auflöse. Ich taste an meinem Körper entlang. Alles an mir kommt mir fremd vor.

14

Alles zieht an mir vorbei. All diese Bilder, Erinnerungen, Blitzlichter. Da das Fragment eines Gesichts, ein Stück Mund, ein Fuß. Dort dieser Geruch. Hinter mir die Stimmen. Unter mir die Schritte. Kleine Mosaikaugen, die mich anstarren. Manchmal sehe ich einen bewegten Ausschnitt. Hände, die ins Wasser tauchen. Blätter, auf die der Regen niederschlägt. Ein Ast, der abbricht, ein leises Trommeln. Dieser Geruch wieder und überall Hände. Eine rote Laus, die über meinen Arm läuft und sich in den feinen Haaren verheddert. Ein kleiner Windstoß, und schon ist sie verschwunden. Der Geruch des Todes. Das Blut, das von den Händen tropft. Dieser Gesang, die klirrend hellen Stimmen. Eine Spinne, die über den Boden läuft und plötzlich erstarrt, die Beine zusammenzieht und stirbt. Die Dunkelheit im Blick, sie saugt mich auf. Der Kadaver eines Vogels, die Augen leer und starr. Dann legt sich mein Abbild darüber, ich sehe mein Gesicht, wie es mich ansieht, ich sehe in meine Augen, dunkel und tief, als würde etwas dahinter lauern, als wäre da etwas, das ich nicht erkennen kann. Die Bilder überlagern sich, das Gesicht wird kantiger, blass und traurig, tiefe Furchen ziehen sich durch die Haut, die Haare schlängeln sich wie Nattern um das Gesicht, meine Zähne, mein Mund, das Gesicht eines Mädchens schiebt sich darüber, die Augen werden wieder größer, jetzt sehen sie so hoffnungsvoll aus, als läge noch eine ganz Welt dahinter verborgen, sie sieht mir tief in die Augen, als würde sie mich erkennen. Bin ich das?

15

Der Hunger ist immer an meiner Seite, er bewacht mich nachts, weicht tagsüber nicht von mir. Er bäumt sich auf, flacht wieder ab, manchmal reißt er alles an sich, dann wird mir schwarz vor Augen, dann krampft sich mein Magen zusammen, dann überlege ich, was mir noch zum Essen bleibt: Erde, ein Stück Holz, mein eigenes Fleisch. Die letzten Körper der Tiere sind verwest, würde ich davon essen, würde ich krank werden, aber vielleicht würde sich der Tod dann wenigstens schnell und sanft über mich legen. Die Tage sind gezählt. Wie viel Zeit bleibt mir noch, wie lange noch, bis ich liegen bleibe, bis ich verwese und endgültig verschwinde?

16

Alles ist tot. Das Meer. Der Wald. Die Blumen sind tot. Die Erde. Der Himmel. Der Mond. Die Vögel sind tot. Eine Stille hat sich über mich gelegt. Diese Stille, wenn ein Körper seinen letzten Atemzug macht und dann für immer erstarrt, diese Stille, wenn jedes Leben erloschen ist. Die Languren sind tot. Die Warane und Mungos. Die Spinnen, die Geckos. Sogar die Ameisen. Moskitos. Die Schlangen, Hirsche, die Flughunde. Die Fische sind tot und die Wale und Krebse und Schildkröten. Der Tod ist überall. Er lacht mir entgegen. Er ist in die Bäume gekrochen, die schwerfällig im Wind ächzen. Er hat sich in der Erde festgesetzt, ist in die Körper der Tiere gekrochen. Wenn ich mein Gesicht in der Spiegelung sehe, ist eine Dunkelheit darin zu finden, grauer und schwärzer mit den Tagen, bis auch ich mich auflösen werde. Der Tod blickt mich an, aus schmalen Augen, die in der Dunkelheit leuchten. Der Tod sitzt auf meinen Schultern, er zerrt an mir, kriecht langsam auch in meinen Körper. Als würde eine Hand mein Herz packen und nur auf den richtigen Zeitpunkt warten, um zuzudrücken, fest und immer fester, bis nur noch ein blutiger Klumpen bleibt, der verlernt hat zu schlagen.

17

Von draußen ist nichts mehr zu hören. Eine unheimliche Stille hat sich über die Insel gelegt. Ich hätte nicht gedacht, dass auch das Meer einmal sterben könnte. Und wie unheimlich und kalt, wie schwarz und leer es ruhen kann. Die Dunkelheit dringt von draußen in die Festung. Die Wände rücken näher, fast ersticke ich. Sie kommen von oben, von unten, von links und von rechts auf mich zu. Es ist, als wäre ich nicht in einer Festung, mit ihren ewigen Gängen, mit ihren unzähligen Räumen, sondern in einem winzigen Haus, einer Baracke, die langsam auf mich stürzt und mich unter sich begräbt. Es gibt nichts mehr, woran ich mich festhalten kann.

18

Ich starre an die Decke. Mein Körper ist taub geworden. Ein altes Werkzeug, das ausgedient hat. Ich bin wach, dann schlafe ich wieder, die Tage ziehen an mir vorbei. Mir fehlt jede Kraft, um noch einmal aufzustehen, um Nahrung zu suchen, um weiterzukämpfen. Ich werde mich einfügen in das Sterben der Insel, ich bin nur ein winziger Teil davon. Vielleicht werden sie mich doch noch finden und erlegen wie ein wildes Tier, und wann es geschieht, das macht keinen Unterschied mehr, ist vollkommen belanglos geworden.

19

Nach Stunden und Tagen in der Dunkelheit meiner Festung, geschwächt, halb verhungert und nur noch ein Schatten meiner selbst, schleppe ich mich die Treppen hinauf zum Wachturm. Ich löse die Schnüre, entferne die Äste und stoße die Tür auf. Ein kalter Wind weht mir entgegen und am Himmel wieder dieser Schatten. Er nähert sich behutsam, fast zärtlich, legt sich über die Sonne, die sich entzieht und dann wieder hingibt. Ganz langsam nimmt er sie in Besitz, verschlingt allmählich ihr Licht. Er verändert ihre Form. Aus dem roten Ball wird eine leuchtende Fratze. Jetzt ähnelt sie dem Mond. Das Leuchten blendet mich, dann wird es schwächer. Aus dem hellen Rot wird ein dumpfes Orange, ein dunkles Braun. Einzelne Strahlen kämpfen sich noch darunter hervor, bis auch sie verschwunden sind. Dann ist es vollkommen dunkel, und kein neuer Tag beginnt.

20

Sie sagen, alles wiederholt sich, wieder und wieder, wir sterben, um wieder zu leben. Wir zerstören, um zu erneuern. Wir gehen immer wieder an den Anfang zurück, bis das Ende uns einholt, bis das Licht endgültig verschwindet, bis die Dunkelheit uns verschlingt. Dann werden wir uns einfügen, werden wir Teil der Dunkelheit sein, ohne Raum und Zeit, aufgelöst in der Unendlichkeit.

21

Jetzt stehe ich am Ende. Ich ordne die Bilder, ich betrachte die Steine meiner Festung, ich stelle mir vor, wie ich einen nach dem anderen herausschlage, bis die Mauern brüchig werden, bis die ganze Festung in sich zusammenstürzt. Über die Insel hat sich eine Ruhe gelegt, als hätte die Welt sich endlich zurechtgerückt, als hätte erst jetzt alles wieder seine Ordnung.

22

Ich verschließe die Tür, verriegle sie mit Brettern und Schnüren, stopfe die Ritzen mit allem, was ich noch finden kann. Ich entferne mich von der Tür. Nichts kommt mehr von draußen herein und nichts mehr von drinnen hinaus. Der Hunger frisst sich in meinen Körper. Er arbeitet sich vor, immer weiter, er sitzt auf mir, sein Gewicht lastet schwer, mit seinen Klauen hält er mich gefangen und gräbt ein Loch, das größer und größer wird.

23

In einem Traum stehen sie vor mir. Ihre Füße, die über den Boden stampfen. Ihre Gesichter hinter Masken aus Holz, Fratzen mit großen spitzen Zähnen. Auf ihren

Köpfen lodern Flammen und Schlangen. Sie kommen immer näher. Das Trommeln wird lauter, es nimmt alles für sich ein. Und dann spüre ich ihre kalten Hände, die jeden Teil meines Körpers umfassen. Sie heben mich hoch, immer höher, immer weiter nach oben, bis ich die Äste eines Zerberusbaums erreiche. Und dann springe ich los, zuerst zaghaft, dann bestimmt, sodass die Äste sich unter mir biegen und wegbrechen, in die Tiefe stürzen. Ich fange an zu tanzen, von einem Baum zum nächsten, tanze ich über die ganze Insel. Im Rhythmus der Trommeln, den Wind im Rücken, es ist so dunkel, dass ich nicht einmal sehe, was vor mir liegt.

24

Ich liege im Wald, über mir ein großer mächtiger Baum. Er streckt die Blätter über mich, jedes einzelne Blatt tanzt und rauscht im Wind. Ich stelle mir vor, wie alles wieder erwacht, wie sich Blüten aus den Knospen formen, wie das Licht sich langsam aus der Dunkelheit kämpft. Wie die Wärme mich durchströmt, wie der Wald erwacht, wie ich allmählich wieder zu Atem komme.

25

Mitten in der Nacht werde ich von den lauten Schlägen der Trommeln aus dem Schlaf gerissen. Ich steige auf den Wachturm. Noch bevor ich die Tür öffne, spüre ich die Hitze, sehe ich das Licht durch die Ritzen leuchten, höre ich eine sonderbare Melodie. Noch nie habe ich etwas so Schönes, so Vollendetes gehört. Woher nur kenne ich dieses Lied? Die Töne, ganz hell und fremd, brechen aus mir hervor, ich stimme mit ein. Das Trommeln wird lauter. Feuerzungen pirschen sich durch den Wald, sie haben eine Schneise geschlagen, vom Norden in den Süden, und kommen genau auf mich zu. Die Insel ist hell erleuchtet. Alles brennt.

Epilog

Hörst du es jetzt?

Die Arbeit an diesem Roman wurde durch die one world foundation in Sri Lanka, das Bundeskanzleramt Österreich und die Kulturabteilung der Provinz Bozen gefördert.

MIX
Papier aus verantwortungsvollen Quellen
FSC® C014889

Penguin Random House Verlagsgruppe FSC® N001967

1. Auflage, 2022

Umschlaggestaltung: Christine Fischer
Umschlagabbildung: © Shutterstock/Le Panda
Satz: Leingärtner, Nabburg
Druck und Einband: Friedrich Pustet, Regensburg
Printed in Germany
978-3-89667-735-8
www.blessing-verlag.de